新潮文庫

恋人たちの誤算

唯川 恵著

新潮社版

6594

恋人たちの誤算

嘘泣《うそな》きだということはすぐにわかった。

彼女はソファに浅く座り、肩を震わせながら、いかにも高そうなスワトウ刺繍《ししゅう》のハンカチを何度も目に押し当てていたが、綺麗《きれい》に塗られたマスカラは落ちてはいないし、アイシャドウもよれてはいない。

それでも声だけは嗚咽《おえつ》にまみれて訴えている。

「ですから、先生。私、どうしても離婚したいんです。今まで我慢に我慢を重ねて来たんです。これ以上、夫と一緒に暮らせというのは、死ねということと同じなんです」

訴えは、もう一時間以上も続いていた。しかし向かい側に座る先生、岸田瑛子《えいこ》はうんざりする様子を見せることもなく、熱心に、まるで菩薩《ぼさつ》のような面持ちで頷《うなず》いている。

「ええ、ええ、あなたのお気持ちはよくわかります。本当に大変でしたね」

「ありがとうございます。先生だけだわ、私の苦しみを理解してくれるのは」

そう言って、彼女はまたハンカチで乾いた目を拭《ぬぐ》った。

「では、離婚の決心は堅いのですね。迷っているようなことはないのですね」

「もちろんです」

彼女が強い口調で頷くと、瑛子は口元にほほ笑みを浮かべた。

「わかりました。それでしたら私が責任を持ってご主人の離婚同意を得ましょう」

その心強い返事に、彼女の顔がパッと輝く。

「本当ですか。引き受けて下さるんですか。よろしくお願いいたします。私、もう先生しか頼れる人がいないんです」

「お任せください」

それから、瑛子はゆっくりとした言葉で付け加えた。

「ただ」

「はい？」

「ご自分の身辺はきちんとしておいてくださいね。ご存じだとは思いますが、もし、あなたの方に落ち度があれば、慰謝料の請求は難しくなります。逆請求されることにもなりかねません」

彼女のハンカチを弄《もてあそ》んでいた指がぴたりと止まる。一瞬、狼狽《ろうばい》するように何度か瞬《まばた》きしたが、すぐに落ち着きを取り戻した。

「そんなことあるわけないじゃないですか。悪いのは主人なんです。他に女を作ったのですから。私にやましいところなど只《ただ》のひとつもありません」

「それを伺って安心しました。それでは書類を整えましょう。作成次第、ご連絡差し上げます」

「よろしくお願いいたします。本当に、先生だけが頼りなのですから」

彼女は少々媚《こ》びを含んだ声で言うと、ハンカチをバッグにしまって、ソファから立ち上がった。

まだ三十歳そこそこ。美人だ。鮮やかなブルーのスーツはシルクで仕立てられ、クロコのヴァラに同じフェラガモのバッグ、細い手首にはダイヤが並んだテニスブレスがしゃらしゃらと揺れている。左の薬指と中指にもダイヤの指輪、それと右手の小指にプラチナのピンキーリング。彼女には身体の隅々にまで贅沢《ぜいたく》が染《し》みついている。

内島流実子《るみこ》は席から立つと、彼女、つまり依頼人のためにドアを開けた。客には間違いないのだが「ありがとうございます」は変だし「また、どうぞ」ではもっと変だ。

「お気をつけて」

と、丁寧に頭を下げて送り出した。

依頼人が消えると、瑛子はソファで大きく伸びをした。テーブルに載ったティーカップを片付けながら、流実子は顔を向けた。

「コーヒーいれますか？」

「そうね、お願い。うんと濃いのをね」

「わかりました」

流実子はキッチンに入り、コーヒーを用意した。振り向くと、瑛子は煙草《たばこ》を吸い始めている。依頼人の前では吸わないと決めている瑛子は、その反動で、依頼人が帰ってしまうとウサを晴らすかのように立て続けに三本はふかすのだった。

薄紫色の煙がまっすぐに伸びて、エアーコンディショナーに吸い取られてゆく。それをぼんやりと眺めながら、弁護士という職業がドラマや小説などに登場するのとは大違いであるということを、流実子は改めて感じていた。

岸田瑛子は三十七歳。主に離婚問題を扱う弁護士をしている。時折、女性誌のインタビューや人生相談、テレビのコメンテーターとして顔を出し、美人で話もうまい瑛子は人気が高く、依頼人はひっきりなしにやって来た。

けれども瑛子はそのすべてを引き受けているわけではなかった。その中から、高い慰謝料を夫からふんだくれそうな件だけを自分の仕事にする。その他の、大した金額にならない件はうまく理由をつけて他の弁護士に回す。

慰謝料が高ければ、報酬も大きい。要するに、瑛子が相手にするのは金持ちだけである。当然、報酬額も一般の弁護士に較《くら》べて割高で、相談料は通常三十分で五千円そこそこぐらいのものだが、瑛子は倍の一万円を取る。それでも依頼人は跡をたたなかった。

弁護士を正義の味方のように考えていたのは、やはりテレビや小説の影響だろう。犯罪者に仕立て上げられた弱者を守り、真犯人を見付けて事件を解決する、なんていうのは、少なくとも岸田瑛子にはなかった。瑛子はペリー・メイスンでも朝吹里矢子でもなく、いわば、ひとりの事業家だった。

コーヒーをいれて、流実子は瑛子の前に置いた。瑛子は煙草を灰皿に押しつけ、カップを口に運んだ。

「いるわね、あれは」

ひと口飲んで、瑛子は言った。

「ええ、私もそう思います」

流実子は答えた。瑛子がカップ越しに上目遣いの目を向ける。

「ふふ、流実子ちゃんもだいぶ人を読めるようになって来たじゃない」

「もう、ここに来て三年ですから」

「夫の資産状況からして、うまく離婚に持ち込めれば慰謝料は一千万は下らないわ。報酬は十五パーセント、まあまあってところね。男がいること、何とか隠し通さなきゃね」

「そうですね」

「今日、この後アポはあった？」

「いいえ。これで最後です」

「そう」

短く答えて、瑛子はソファから立ち上がり、キャビネットで仕切られた窓際《まどぎわ》の自分のデスクに戻って行った。依頼人と顔を合わせることから始まる仕事だが、本当に始まるのはこれからだ。まずは夫に渡す離婚請求の文書を作成しなければならない。

瑛子はジャケットを脱ぎ、椅子《いす》の背に掛けると、ブラウスの袖《そで》をまくり、デスクに向かった。流実子もまた、たまった書類を清書するために、自分のデスクに戻った。

オフィスの窓からは春先の柔らかな日差しが差し込んでいる。

ここは青山の一等地。近くには高級ブティックやレストランがあり、お洒落《しゃれ》な雰囲気に包まれている。

この事務所も、一見、その種のお店と同じように見えるかもしれない。二十畳ばかりのワンルームは、イタリア製のキャビネットで合理的に仕切られている。全体はオフホワイトとベージュにまとめられ、シャガールのリトグラフとバカラのガラス工芸品でコーディネートされた透明で清潔感の溢《あふ》れるインテリアは、女性の好みを十分に意識している。

けれども、このオフィスの中で語られること、考えられること、行なわれることは、まったくそれに似つかない。すべてが一方的な思惑と狡猾《こうかつ》と強欲とに包まれていた。

そしてそれは、流実子にとって決して不快なものではなかった。

しばらくして、外出していた安井路江《みちえ》が帰って来た。

「お帰りなさい」

「ただいま。ああ、疲れた」

彼女は自分の席に座ると、とても女性ものとは思えない頑丈そうな革の書類ケースをどさっとデスクの上に置き、首をぽきぽきならした。

「流実子ちゃん、悪いけどお茶いれてくれる？」

「はい」

流実子は再びキッチンに入った。路江はコーヒーを飲まない。いつも緑茶だ。流実子は食器棚から急須《きゅうす》を取り出し、お茶の葉を入れた。

「どうだった、あっちは」

キッチンにふたりの会話が聞こえて来る。

「それが、思ったよりなかなか手強《てごわ》いの。まあ、性格の不一致だけじゃ説得力もないしね。離婚の責任は女房にもあると言って、夫の方は慰謝料をかなり値切って来たわ。あの奥さん、かなり浪費家だったみたいよ」

「そうなの？」

「前にこっそり買った宝石のローンを支払えなくなって、夫が代わりに払ったこともあるんですって」

「やだわ。そういうこと、ちゃんと前もって言っといてくれなきゃ」

「自分の損になること、言うわけないじゃない」

「まあ、そうだけど。それで、金額的にはどのくらいまでいけそう？」

「妻側の希望の八掛ってところかしら。それ以下だったら、裁判になるかもってちょっと脅しておいたから、それより少なくなることはないと思うけど」

「ま、相場ね」

路江は瑛子にとって、重要なパートナーだった。表立って仕事を受けるのは瑛子だが、依頼の一から十まですべてかかわることはできない。相手との交渉、折衝、告訴となればその下準備のための調査、時には探偵まがいに尾行もしたりする。その他にも、瑛子のスケジュール管理から、経理的なことまでいっさいを引き受けていた。

路江は瑛子と同い年で、従姉妹《いとこ》にあたるという。従姉妹といっても似ているところはほとんどなく、顔立ちや体型はむしろ対照的だった。色白で大きな二重の目、スリムで上品で華やかな印象を与える瑛子に較べ、路江は浅黒い肌を持ち、背は低く、少し太っていて、どちらかというとずんぐりした感じがある。また、切れ長の目は形はいいが、どこか冷たい。

身内のせいもあってか、瑛子は路江に大きな信頼を寄せていた。しかし立場はあくまで経営者と雇われ人だった。それは路江の方もきちんと心得ていて、気さくに話しながらも瑛子への態度に礼儀を欠くことはない。表舞台で活躍する岸田瑛子と、裏をがっちりと守る安井路江。このふたりのバランスこそが、岸田瑛子法律事務所を支えている大きな力だった。

三年前、流実子がこの岸田事務所に就職試験を受けに来た時、採用されるとは思ってもいなかった。

言わずと知れた就職難で、たったひとりの募集に三十人近くも集まった。その中には法科を卒業した女性もいて、司法試験を目指しているという。前からテレビや雑誌で華々しく活躍している瑛子に憧《あこが》れていた流実子は、社員募集に一も二もなく飛び付いた。けれど受験者たちを見て、自分などとうてい受かるはずもないと思っていた。

　採用の連絡を受けた時、流実子は何かの間違いかと思った。

「どうして、私だったんですか？」

　就職してしばらくたった時、尋ねたことがある。瑛子の答えはこうだった。

「面接の時、なぜ、私のところで働きたいのか、という質問をしたの覚えてる？」

「さあ……」

「その時ね、あなた、こう答えたの。私は目で見えるものしか信用したくないからって。なかなか強烈だったわ。後の人たちは、困った人を助けたいとか、社会の役に立ちたいとか、そういうのばっかり。それで決めたのよ」

　その時は、瑛子が言っている意味がわからなかった。けれど今はよくわかる。人がよく口にする、誠意とか謝罪とか傷ついた心などというものは、すべて勘定できるものということ。愛とか恋とかに溢れているはずの世の中が、実はその重さや後始末にあっぷあっぷしているということ。

仕事が終わるのが六時過ぎ。恵比寿《えびす》のアパートに戻るとだいたい七時だ。自宅は千葉にある。通おうと思えば通えない距離ではないが、就職をきっかけに家を出た。それはまさに出るという言葉がぴったりだった。

学生の頃から、自分で収入を得られるようになったら家を出ようとずっと思っていた。とにかく早くひとりになりたかった。親と離れたかった。就職してからこの三年間、実家に帰ったことはほとんどない。お盆やお正月に、親に言われて仕方なく、一日程度顔を出すくらいだ。

小さなワンルームだが、ここは流実子の城だった。誰にも邪魔されず、誰にも気を遣うことはない。この部屋でひとりで過ごしている時がいちばんの安らぎだった。

ゆっくりとお風呂《ふろ》に入り、ビールを飲みながら髪を乾かしていると、良子から電話が入った。

「どう、元気にしてる?」

「久しぶりね。私はまあまあよ。良子はどう?」

流実子は受話器を取ったことを少しばかり後悔しながら、缶ビールをテーブルに置いた。

良子が電話の向うで短く息を吐き出した。

「もう毎日が戦争よ。家事と育児に追われっ放し。うちの子、アトピーがあるでしょう、その治療に週に二回病院に行くんだけど、片道一時間半はかかるし、待ち時間は長いし、もう帰って来たらぐったり。なのに、ダンナったらちっとも私の苦労をわかってくれなくてさ、いつも忙しいってそればっかりなのよ」

主婦話が始まるのかと思うとちょっとうんざりして、流実子は髪を巻いていたタオルをはずし、水気を拭き取った。

彼女は高校の同級生で、同じバドミントン部に所属していた。部長だった良子は面倒見がよく（お節介とも言えるが）、そのノリは少しも変わっていない。疎遠になってしまった今も、こうして三ヵ月に一度くらいの割合で連絡を取ってくる。もちろん、流実子だけでなく、部員の誰にもそうしているのだろう。

「そうだ、今日電話したのはそんなこと愚痴るためじゃなかったんだわ。実はちょっとニュースがあるの」

「ふうん、なに？」

「侑里《ゆり》のこと、覚えてる？」

「もちろん覚えてるわよ」

「侑里、結婚決まったんだって」

「あら、そう」

「社内恋愛らしいわ。侑里の会社は大手の商社でしょう。いい条件らしいわよ」

侑里はバドミントン部の中でもお嬢様タイプだった。主力メンバーとしてあまり活躍することはなかったが、マネージャー的なことを買って出てくれ、合宿や試合の時には彼女の存在が本当にありがたかった。けれど卒業以来会ってもいないし、消息を聞くのも初めてだ。

「流実子はどうなの？」

「何が？」

「いやね、結婚に決まってるじゃない」

「私はまだまだよ。あまり興味もないし」

良子はいくらか不満げな声を出した。

「まあ、流実子は前からそういうところがあったけどね」

「そういうところって？」

「何て言うか、自分は絶対に人と同じ生き方はしないって」

流実子は笑って答えた。

「そんなことないわよ」

「ううん、そう。結婚して子供を産んでって生き方をどこかで軽蔑《けいべつ》してるの」

「やめてよ、思ってないわ」

「まあ、人生はいろいろだし、流実子には流実子の生き方ってものもあるだろうけど、結婚も悪くはないわよ。やっぱり自分を守ってくれる家族があるって大事なことだわ」

つまりそれが言いたかったらしい。主婦になった女はたいていそうだが、誰もが自分と同じような生き方を選ぶことを願っている。それで安心できるからだ。

「そうね、良子の言う通りだわ」

期待通りの言葉を、流実子は返した。

「ねえ、いい人見つかったらきっと教えてよ」

機嫌よく、良子は言った。

「見つかったらね」

「見つける努力をしなきゃ、いい男は見つからないわ。あら、ダンナが帰って来たわ。じゃあ、またね」

慌《あわ》てて良子は電話を切った。

良子は前にも増して詮索《せんさく》好きになったようだ。侑里のこともあちこちに電話しまくって情報を手に入れたのだろう。たぶん、それを楽しみにするしかないくらい毎日が退屈でしようがないに違いない。

良子は大学卒業とほぼ同時、誰よりも早く結婚が決まった。もともと結婚願望も強かった良子は、あの時、幸福に溢れていた。彼女自身、こんなに早く幸福を手に入れることができた自分を、特別の人生を生きているように思っただろう。

けれど今の良子は、特別な人生などとはほど遠いその他大勢の中のひとりだ。たぶん、朝刊に挟まれているチラシを一面の何倍もの時間をかけて読み、新しいブラウス一枚買うにも夫の承諾を得なくてはならず、それだってスーパーの二階に入っているお店のもので、ふた月に一度行く近所の美容院で女性週刊誌を読みふけり、話題は子供と夫と姑《しゅうとめ》と近所の愚痴。考えただけでうんざりだ。

もちろん、そういう毎日をとやかく言う権利など自分にないことはわかっている。けれども、そんな人生はごめんだった。良子の詮索通り、自分は絶対になりたくないと思っている。

もしかしたら、野心、と呼んでもいいのかもしれない。まだ、はっきりとした形があるわけではなかった。ただ、このままで終わりたくない、何かやりたい。みんなをあっと驚かせてやりたい。確かにその気持ちが強かった。

岸田瑛子法律事務所に勤め始めたのも、その思いがどこかにあったからだ。名の知れた瑛子の元で働けば、何かしらチャンスを摑《つか》めそうな期待があった。

流実子は髪をブローし始めた。トリートメントを欠かさない髪は、絡《から》むことなくさらさらと肩に落ちる。それはとても心地よい感触を指に与えてくれる。それが済むと、次はボディローションで全身を磨く。踵《かかと》や膝《ひざ》、肘《ひじ》は特にたっぷり塗って、角質化することのないよう気をつける。ヒップとおなかには、スリミングジェルをつけて軽くマッサージをする。その時間は、自分のためだけに使うひとときであり、そういう生活を流実子は心から楽しんでいた。

アポ通り、二時ちょうどにT出版社の編集長、工藤がオフィスに姿を現した。

流実子は椅子から立ち、頭を下げた。

「お待ちしていました。どうぞ、こちらに」

工藤をソファに案内すると、瑛子が口元にゆったりとした笑みを浮かべながら近付いて来た。工藤は礼儀正しく挨拶《あいさつ》をした。

「このたびは本当にありがとうございました」

「いいえ、こちらこそ。工藤さんがいらっしゃるの、楽しみにしてましたのよ。どんな本になったのかしらって、それはもうわくわくして、昨夜もゆっくり眠れなかったくらい。さあどうぞ、お座りになって」

瑛子の声はいつもよりほんの少し高い。工藤の時はいつもそうだ。会う時も、電話の時も、どこかしら甘えが覗《のぞ》いている。

「では早速、出来上がった本を見ていただきましょうか」

「ええ」

瑛子の目が輝く。

流実子はコーヒーの準備をしに、キッチンへと入った。

今度、瑛子は工藤の出版社から本を出すことになった。初めての本だ。テレビや女性誌で顔も売れ、タレント性も十分に備えている瑛子に、若い女性を対象にしたエッセイを書かないかと、工藤が依頼して来たのが半年ほど前、それがようやくこうして形になった。

工藤は四十代半ば。紳士的で礼儀正しく、ハンサムというわけではないが、目尻《めじり》に刻み込まれた皺《しわ》や、笑うと大人を感じさせる風貌《ふうぼう》が彼を魅力的に見せていた。普通、編集長となると挨拶だけに顔を出し、実質的には部下の編集者が仕事をするものだが、工藤は最後までかかわった。

つまり工藤がそれだけ瑛子に力を入れているということであり、また瑛子もそんな工藤を気に入っていた。もちろん工藤は結婚しているが、瑛子にとってそんなことは関係ないだろう。ふたりの間に何かあるのかないのかわからないが、もし瑛子が狙《ねら》ったのだとしたら、工藤が落ちるのは簡単だ。瑛子のような女性に好意を寄せられて、それを突っぱねられる男がいるなんてとても思えなかった。

コーヒーを出し、自分の席に戻っても、ふたりの会話は自然と耳に入って来る。

「これはきっと売れますよ。僕が太鼓判を押します。若い女性の気持ちを本当によく表していますよ。正直言って、驚きました。先生がここまで書けるとは。いや、誤解しないでください。悪い意味じゃないんです」

「ええ、わかってます」

瑛子はにこやかに答えた。

「何て言うのかな。先生のエッセイは、女性弁護士が書かれたものと思えないんですね。先生みたいな方というのは、何か特別な人間のように思えるじゃないですか。でも、先生は決して高い所から見下ろすみたいな感じではなく、あくまで等身大で書いていらっしゃる。そういう所が素晴らしいんです。正直言って、僕も原稿を依頼した時、不安もあったのですが、読んでみて本当に驚きました。これからも若い女性のために、エールを送り続けてくださいよ」

瑛子がちらりとこちらに目を向けるのが感じられた。

「それでですね、少し気が早すぎるかもしれませんが、二冊目もお願いできませんでしょうか。この本が出版されたら、きっとあちこちから依頼が来ると思うんです。その前に、ぜひ、うちでもう一冊」

「そうね、どうしようかしら」

瑛子はもったいをつけたように言葉を濁している。

流実子の口元にはいつの間にか笑みが浮かんでいた。まるで自分も褒められているような気がした。いや、褒められてもいいはずだ。まだ読んではいないが、そのエッセイには流実子の意見も所々に織り込まれている。

今から半年ほど前、瑛子は工藤からの原稿依頼を引き受けたものの、四苦八苦していた。文章を書くということは意外と時間もかかる。出来上がった原稿を、瑛子は流実子のデスクに持って来た。

「これ、清書しておいてくれないかしら」

瑛子は書き散らした二百枚ばかりの原稿用紙を持って来た。

さすがに、いつもの事務的な書類作成とは勝手が違い、パソコンで打ったのだがうまく行かず、自筆で書いたという。

「後で感想も聞かせてちょうだい」

「わかりました」

流実子は原稿を受け取り、打ちながら、読んだ。

読んで、つまらないと思った。つまらないだけならいい。文章のあちこちに傲慢《ごうまん》さが覗いていた。瑛子自身が自分は特別である、と思っていることが、いくら隠そうとしても随所に見え隠れしている。これではたぶん女性たちの反感を買うことになるだろう。

三日後、清書を終えて、瑛子のもとへ持って行った。

「読んで、どう思った?」

瑛子に聞かれた。

「とても面白かったです」

と、答えた。けれども、瑛子はすぐに気がついたようだった。

「正直に言ってちょうだい。ちょうど流実子ちゃんぐらいの年代の女性を対象にしたエッセイなの。何せ初めてだから、私には気がつかないところもあると思うのよ」

何か言って瑛子の機嫌を損ねるのはイヤだなと思った。けれども、このまま出版されるようなことになれば、瑛子は確実に人気を失うだろう。

「先生はやっぱり特別な女性なんです」

流実子は慎重に言葉を選んだ。

「どういうこと？」

「世の中には、先生のようになりたくても、なれない女性が山のようにいるんです。もちろん、私を含めてです」

「それで？」

「もっと、何て言うか、私たちと目線を同じにしてもらえたらと言うか……」

「具体的に言ってみて」

瑛子の表情がいくらか変わる。やはり言うしかないだろう。

「たとえば、エッセイの中で先生は持ち物は安物じゃなくて、高くても本物を持ちなさいって書いていらっしゃいますよね」

「ええ、そうよ。よくブランドものが否定されるけど、ブランドにはそれなりの価値があるの。本物はやっぱり質が違うわ。そういうのを持っていれば、自信もつくし、気分もしゃきっとするの。それにすべてのものに対して、見極める目も養われるようになるのよ」

「でも、私たちの年代で、ブランドものを持つっていったってたかがしれてるんです。

エルメスのバッグとかシャネルのスーツなんて高嶺《たかね》の花でしかないんです」

「まあ、そうかもしれないわね」

「無理だとわかってることが書かれていてもどうしようもありません。読んでも、結局こういうのは自分とは関係ない、と思われてそれでおしまいです。時には、先生がそれを持ってる自分のことを自慢してると思われてしまうかもしれません」

瑛子がいくらか表情を硬くしたことに気づいて、流実子は首をすくめた。

「すみません、生意気なこと言って」

「いいのよ、続けて」

「でも」

「いいから。それで、どうすればいいって思うの?」

「何て言うか、言い方をちょっと変えてみるとか」

「たとえば、どんなふうに」

「もっと小物にするんです。お財布とかキーホルダーとか、ちょっと無理すれば買えるようなものに。それにブランドばかりにこだわるのではなくて、要は質のよさが問題なのだから、安物の中からよい物を選ぶコツみたいなのを書いてもらえると参考になります」

「でも、安物は所詮安物よ」

「ええ、まあそれはそうなんですけど、そう書いてしまったら身も蓋《ふた》もないっていうか」

「わかったわ、他にはどう?」

流実子は原稿のページをめくった。

「たとえばここなんか。『毎日、コンビニのお弁当などで食事を済ますようなことをしているのは、精神の堕落につながります』って書いてあるでしょう」

「これをどうするっていうの?」

「ここをですね、えっと、たとえば『忙しくて、ついコンビニのお弁当で済ましてしまうこともあるでしょうが、せめて週末くらいは自分のために手料理を作ってみてはどうですか。お腹《なか》が満たされるだけでなく、心も満たされるはずです』と言うふうに、もうちょっとソフトな感じで書いてあると、自分も実行できそうだなという気になります」

瑛子は椅子の背もたれにゆったりと寄りかかった。

「ふうん、なるほどね」

「それに、ここですけど。『結婚をするなら、自分を高めてくれるような相手を選びなさい』って」

「そこのどこが悪いの?　その通りでしょう」

「いえ、そうじゃなくて、具体的なエピソードがはいってたら面白いなって。たとえば、ある男性と結婚して変わった女性のこととか。そうすると、すごくわかり易《やす》いと思うんです」

　さすがに、瑛子はあまりいい気分ではなさそうだった。けれども頭のいい人だ。しばらく考え、こう言った。

「ねえ、流実子ちゃんの感じたままに、もうひとつ原稿を作ってみてくれないかしら。参考にさせてもらうから。やっぱりナマの声って大切だって、聞いてて思ったわ」

「私がですか？」

「できない？」

　もともと文章を書くことは嫌いじゃない。学生の頃は時々、小説誌に投稿していたこともある。しばらく迷ったものの、やがては頷《うなず》いた。

「わかりました。やらせていただきます」

　それから一週間かけて、流実子は原稿を仕上げた。

　瑛子の原稿を下敷きに、言い方を変えたり、エピソードを加えたりした。瑛子らしさを残しながらも、自分の思う通りに書き直すというのはなかなか難しい作業だったが、同じだけ楽しい仕事でもあった。日中は暇さえあればパソコンに向かい、家に帰っても熱中した。キーを打つ指は痛くなり、ディスプレーを見る目はちかちかしたが、少しも苦痛ではなかった。

一週間後、出来上がった原稿を瑛子に渡した。瑛子はぱらぱらとめくって頷いた。

「いちおう読ませてもらうわね」

それからしばらくして、瑛子は原稿を完成させ工藤に渡した。

「ありがとう。いろいろ参考にさせてもらったわ」

瑛子の力になれたことが、流実子は素直に嬉《うれ》しかった。

その夜、流実子はアパートに帰って瑛子のエッセイを読んだ。

帰りぎわ、工藤が一冊くれたのだった。タイトルは『もうひとりの自分を探して』とついている。なかなか魅力的だと思う。

「面白いよ。君も読んでみるといい」

そう言って渡された本を、流実子は胸を高鳴らせながら開いた。

どんなふうに自分の意見が使われているのか、早く知りたかった。読み始めると、いきなり流実子が書いた文章が出て来た。例の、ブランド製品についての話だ。自分の書いたものが、こうして印刷された文字になっているということが不思議であり、また面《おも》映《はゆ》くもあった。

けれども読み進むにつれ、流実子の表情はだんだんと変わっていった。やがて頬が強ばり、指先が震えた。

「なに、これ……」

そこに印刷されている文章は、ほとんど流実子が書いたものだった。いや、全部だ。確かに元は瑛子の原稿だ。それを流実子が自分なりに手直しした。だから正確に言えば、流実子が書いたとは言えないかもしれない。けれども、これは参考にするとかで済む範《はん》疇《ちゅう》じゃない。完全に、流実子の書いたものをそのまま使っている。

「こんなの……」

流実子は本を手にしたまま呟《つぶや》いた。

「こんなの、ありなの」

＊

ひと月前、侑里は同僚の吉村直紀から結婚を申し込まれた。

付き合って半年。結婚相手としての条件は申し分がなかった。四歳年上の二十九歳。有名大学を卒業し、仕事はまじめで堅実で、将来も嘱望されている。

どちらかと言うと、女の子を引き付ける風貌《ふうぼう》や、楽しませる話術を持っているというわけではなかったが、人に安心感を与え、上司や同僚たちからの信頼度も高かった。

悪くないと思った。いや、十分過ぎると言えるだろう。

それでも一週間、考える猶予《ゆうよ》を持った。この半年の間で、彼の仕事ぶりや性格はよくわかっている。けれども結婚となれば一生の問題だ。

その一週間、侑里は自分にたくさんの質問をした。直紀と結婚をする。彼と生活を共にする。一生を暮らす。考え始めると、一生などという言葉の重みに逃げだしたくなる気持ちにもなった。けれどいつかは誰かと結婚する。侑里自身がそうしたいと思っている。付き合い始めた時から、当然、結婚は意識していた。その相手が直紀であって、どこに不都合があるだろう。

侑里は少々子供じみてると思いながらも「彼のどこが好き?」と自分に問うてみた。あまりうまい答えは見つからなかった。では「どこが嫌い?」という問いに変えてみた。どこも嫌いではなかった。

嫌いなところが何もない、これはとても重要なことだという気がした。恋人ではなく結婚相手を選ぶのである。激しさや狂おしさより、穏やかさや安定を望みたい。何より大きな決め手となったのは、母の言葉だった。

「あの人なら間違いないわ。母さんが太鼓判を押してあげる」

力強く言われると、自分の頭の中で考えていることなど埒《らち》もないことのように思えた。

一週間後、侑里は正式に返事をした。

「よろしくお願いします」

少し緊張しながら頭を下げると、人のよさそうな直紀の笑顔が目の前にあった。

「ありがとう、嬉しいよ」

その時、侑里は自分の選択は決して間違っていなかったのだと、改めて確信した。

もちろん家族の反対などあろうはずがなかった。直紀の両親も、快く侑里を迎え入れてくれた。彼の家はすでに二世帯住宅に建て直してあり、結婚後に住む場所も確保されている。同居と言っても、生活の場はきちんと分けられているわけだから、条件としては文句のつけようがなかった。

お互いの両親が顔を合わすと、話はとんとん拍子に進み、式の日取りも決まった。仲人《なこうど》は部長夫妻。場所は都内の有名ホテル。結納ではダイヤの指輪を贈られた。ふたりで銀座の宝石店で選んだものだ。小粒だが、少しピンク色がかったダイヤは、流行のカットが施され、すでに周知の事実として知れ渡った同僚たちにも素敵だと誉《ほ》められた。白《しろ》無垢《むく》と金糸の打掛け、ウェディングドレス、それからもう一回のお色直しに真っ赤なドレスを決めた。新婚旅行はタヒチにした。ボラボラ島は一度は行ってみたかった場所だ。

家具や食器を選ぶこと、招待客の数と席順を決めること、式の引出物やお料理についての打ち合わせ、旅行の手続き、と、しなければならないことは山積みにある。仕事で忙しい直紀に代わって、そのほとんどを侑里は母と一緒に行なった。母は何事もてきぱきと進め、だいたいのことは任せておけば安心だった。

仕事は結婚してもしばらく続けるつもりでいた。退職するのは子供ができてからでいい。二、三年ふたりで働いて、遊びや旅行に出掛けたい。

すべては順調に進んでいた。理想の結婚だった。侑里はこのまま絵に描いたような幸せが自分のものになるのだと信じて疑わなかった。

もしあの時、透《とおる》に会わなければ、きっと何の迷いもなく結婚していただろう。今の自分に疑問を持ったり、足りない何かを深く考えることなどなく、目的に向かってひたすら走り続けたに違いない。

けれど、侑里は透と出会ってしまった。

「お祝いにちょっと食事でもしない？　プレゼントもあるの」

電話で淳子《じゅんこ》はそう言って、侑里を誘った。

淳子とは短大時代からの友人で、卒業してからも時折、一緒にショッピングに出掛けたり食事に行ったりしていた。結婚の報告をしたのも、淳子が最初だった。

渋谷のタイ料理店で待ち合わせた。バロンの面やシルクのタペストリーで飾られたこのレストランには淳子と何回か来ている。メニューから適当なものを選びだし、オーダーを終えると、淳子はプレゼントを取り出した。

「色々と迷ったんだけど」

プレゼントはジノリのペアのモーニングカップだ。愛らしい小花が散らされた模様が描かれているが、少しも子供っぽくない。

侑里は思わず歓声を上げた。

「素敵だわ。どうもありがとう。大切に使わせてもらうわね」

さすがに長い付き合いだけあって、侑里の趣味をよく把握している。

「それだけじゃつまんないから、底にふたりの名前を入れてもらったの。なかなかにくい演出でしょう」

カップを裏返すと、確かにＹＵＲＩ・ＮＡＯＫＩとそれぞれに金文字が刻み込まれている。侑里はますます感激した。ありきたりのものではなく、どこかに自分らしさを加えるやり方は、いかにも淳子らしい。

「ほんとにありがとう。彼、コーヒー好きだから毎日これで飲ませてもらうわ」

そんな侑里の様子を眺めて、淳子もまた満足そうに笑った。

「それにしても、ずいぶん素早い展開なんでびっくりしちゃった。付き合ったのは半年でしょう。結婚するなら、もうちょっと観察の時間をおいてもよかったんじゃないかなんて思わなかった？」

運ばれてきたトムヤムクンに手を伸ばしながら、淳子は肩まである巻き髪を揺らして、からかうように侑里を見た。

「やっぱり早いかな」

「あら、ごめん。そんなことないわ、愛情は時間の長さじゃ計れないもの。ちょっと言ってみただけ」

「そう言われると、気が楽になるけど」

「お嬢様育ちの、コンサバの侑里には、そういう結婚がいちばんいいのよ」

「それ、皮肉？」

「まさか。ま、ちょっと妬《や》いてるのは確かだけど」

淳子は肩をすくめた。

「私は確かにそんなに男の人と付き合ったこともないし、世間のこともあまり知らないかもしれない。でも、だからこそ、心強いパートナーが必要なの。彼と出会って、結婚って縁だって言うけれど、その通りだって思ったわ。彼といると、静かで、いつも平常心でいられるの」

淳子がいくらか神妙な顔つきで頷いた。

「縁ね、そうかもしれないわね。まあ、私としてはまだ二十五歳なんだから、もうちょっと遊んでからにするけど」

「私だって、独身生活に心残りがないこともないのよ」

侑里は肩をすくめてみせたが、実はそんな気持ちなど少しもなかった。もう十分だと思っていた。

短大を卒業して五年。自由で気楽な時間を過ごして来た。海外旅行をし、習いごとをし、ショッピングや飲み会やさまざまなイベントに出掛け、テニスやスキーも楽しんだ。

それらは確かに今思い出しても楽しいことばかりだが、結局はそれだけのことだった。何も残ってやしない。アルバムを飾る何枚かの写真と、その時々にちょっと華やいだ気持ちの記憶があるだけだ。浮わついた生活などいらない。あと何年独身で過ごそうが、これを繰り返すなら、結局は同じことだ。

女の人生は、結局、結婚で決まる。侑里は自分が仕事をバリバリするタイプでないことは、とうの昔から知っていた。話は簡単だ。少しでも早く、いい男を捕まえることだ。

淳子が、そういった考えにいくらか反感めいたものを持っているのはわかっている。彼女は自由奔放に生きたいと望んでいて、危ない恋も何度か繰り返している。

侑里の選択をつまらない生き方だと思っているのだろう。けれど、侑里はそれでいいと思っていた。自分は淳子ではないし、なりたいとも、なれるとも思わない。誰しも、それぞれにふさわしい生き方があるはずだ。

食事も終わりになって、不意に、淳子は真っすぐな視線を投げ掛けて来た。

「ねえ侑里、今、幸せ？」

その唐突な質問はどこか改まった感があり、侑里を一瞬戸惑わせた。

「やだ、急にどうしたの」

「本当に幸せなのね」

確認するように淳子が再び尋ねる。

侑里は深く頷いた。

「ええ、幸せよ」

それを聞いて、淳子は安心したように笑みを浮かべ、こう言った。

「そう、だったらいいの。もう何も言わない。ねえ、もう一軒付き合ってよ」

「いいわよ、もちろん」

「実はね、もうひとつプレゼントがあるの。じゃ、行きましょう」

タイレストランを出て、渋谷からタクシーでワンメーター。青山通りから一本裏の静かな通りの店に案内された。細い階段を登ると、スモークされたガラスドアに小さく「J」と彫られてあり、ドアの向うにはひどく無機質な感じのする細長い店があった。店は三分の一ぐらいが埋まっていた。ふたりはあいているカウンターに座り、それぞれにカクテルを注文した。

飲み始めても淳子はどこか落ち着かず、ドアが開くたび何度も顔を向けた。

「誰か来るの？」

「え？」

「さっきからドアの方ばかり気にしてるじゃない。もしかして、新しい恋人でも紹介しようってこと？」

淳子は口元にうっすらと笑みを浮かべた。

「恋人じゃないけど、待ってるのは確か」

「誰?」

「それは来てのお楽しみ」

少しもったいぶった言い方をして、淳子はカクテルを口に運んだ。侑里もまた手を伸ばした。色鮮やかなカクテルはまるで幸福な自分そのもののようにダウンライトに照らされて輝いている。

どうしても話題は直紀のことになってしまう。のろけるつもりはないのだが、つい言葉の端々に幸福がにじみ出てしまうのを侑里は自分でも意識した。照れ臭さが半分と、誇らしげな気持ちが半分。気の置けない淳子の前だと、つい気も緩んでしまう。もちろん淳子の方もそれを心得ていて、まるで子供をあやすように、苦笑しながらもうまくからかったり、茶化したりの合いの手を入れながら耳を傾けている。

とてもいい気分だった。口当たりのよさもあって、一時間ほどの間にカクテルを三杯も飲んでいた。酔いが身体《からだ》を熱くしていた。さっきからカウンターの端に座る二人連れの男がこちらに視線を送って来ることに、侑里は気がついていた。それを煩に感じながら、とても落ち着いていた。

以前の侑里なら、居心地の悪さに席を立とうとしたかもしれない。でも今は違う。それを受けとめるだけの余裕がある。やはり結婚が決まったからかもしれない。たとえ男たちから無遠慮な視線を投げかけられても、もしかしたら自分がもの欲しそうに見られたのではないかと勘ぐって、自尊心が傷つくようなことは、もうない。

「ああ、やっと来たわ」

淳子の声に、侑里はドアの方に顔を向けた。

そのとたん、すっと身体が冷たくなった。

見覚えのある姿があった。

透だ。

どうして透が、なぜここに透が現われるのだろう。

頭が混乱した。

「こっちよ、透、こっち」

淳子が手を上げる。透が顔を向ける。一瞬、視線が重なり、侑里は慌《あわ》ててそらした。

「おっす」

透は短く言って、淳子の隣りに腰を下ろした。

「遅いから、もう来ないんじゃないかと思ったわ」

「約束してたわけじゃないだろ」

それから透は、少しカウンターに身を乗り出し、侑里へと顔を向けた。

「しばらく」

「ええ」

侑里は戸惑いながら、短く答えた。情けないことに、すでにすっかり落ち着きをなくしていた。

透は初めて会った時と少しも変わってはいなかった。整った顔立ちは相変わらず人目を惹《ひ》くに十分な魅力を持っている。そのくせどこか崩れている。透に誠実とか真面目《まじめ》とかいう言葉は似合わない。お金と女にだらしなく、自分勝手でナルシスト、いつだって自分の都合を押しつける。そんな面倒な部分を持ち合わせているところが、通った鼻筋からも、切れ長の目からも見てとれた。

あの時、どんなに傷つけられ、どんなに泣いたか、淳子は知っているはずだ。なのに、どうして透を呼んだりするのか、意図がわからなかった。

「俺、いつものね」

透のオーダーにバーテンダーが軽く頷き、氷を用意し始める。カウンターに細かいカットが施されたグラスが置かれ、その中に弾《はじ》ける音をたてて氷が放りこまれる。それだけでわかった。ウォッカにライムの半分をぎゅっと絞り入れる、好きな酒もあの頃と変わっていない。

「どういうことなの、淳子」

侑里は小声で、けれどもはっきりと抗議の意志を持って淳子に言った。

「もうひとつプレゼントがあるって言ったでしょう」

「これがプレゼントだっていうの。何のために、何の必要があってこんなことをするのよ」

言葉が自然ときつくなる。

聞こえているのかいないのか、透は涼しい顔をしている。

「まあ、そう怒らないでよ。今、説明するわ」

そうして淳子は話し始めた。

「ひと月ぐらい前かしら、偶然、透とこの店で会ったのよ。たまたま友達と一緒に来たら、飲んでたの。久しぶりだったけど、透ったらちっとも変わってないの。カッコつけて、自意識の固まりで、思わず笑っちゃったくらい。それで声をかけたんだけど、透、すぐには私のことわかんなかったのよね」

淳子が透に同意を求める。透はバーテンが差し出したグラスを軽く持ち上げた。

「まあな。何かケバいOLのねえちゃんがナンパして来たなって思ったら、淳子なんだから驚いたよ」

透はあっけらかんと言った。

「失礼ね、よく言うわ」

そんな気楽なふたりのやりとりが、侑里の気持ちをいっそう乱した。

これはいったいどういうことなのだ。淳子は侑里と透の間に何があったか何もかも知っている。なのに、どうしてこんな所で会わせ、ましてやそんなにも明るい笑い声をあげられるのだ。

「侑里、怒らないでよ」

淳子が顔を覗《のぞ》き込んだ。

「別に怒ってなんかいないわ」

侑里は短く答えて、グラスを口に運んだ。そう、怒ってるわけじゃない。ただ驚いているだけだ。怒るなんて思われたら悔しい。とにかくこれを飲み干して帰ろう。こんな所に座ってなんかいたくない。あの時のことなんか、今さら思い出したくもない。

淳子は小さく息を吐き出した。

「私のこと、悪趣味だって思ってるわよね。ごめんなさい。私も、最初はこんなことするつもりなかったの。ここには侑里と別れてひとりで来るつもりだったの。透と出会ったことも、侑里には黙ってようと思ってた。もし動揺させるようなことになったらいけないものね。でもね、さっき侑里、言ったじゃない。本当に幸福だって。それ聞いて、これなら大丈夫って思ったの」

「どういう意味？」

「あの時、侑里がどんなに傷ついていたか知ってるわ。長く引きずってたのもわかってるつもりよ。だからこそ、透に見せ付けてやりたくなったのよ。侑里が今、どんなに幸福かってこと。こういうの、私が思うのも変かもしれないけれど、あの時の侑里を知ってるだけに、敵を取らせてあげたくなったのよ」

侑里は黙っていた。何と言っていいのかわからなかった。隣りの席でこれを聞いている透はどう思っているだろう。

淳子が透へと顔を向けた。

「透、いいこと教えてあげる。侑里、もうすぐ結婚するのよ」

透は一瞬グラスを持つ手を止めたが、すぐにおちゃらけた様子で答えた。

「へえ、それはそれは」

「相手はすごく素敵な人。超エリートで家柄も人柄もいいの。文句のつけようがない相手なのよ。侑里、今、最高に幸せなのよね」

淳子が顔を向け、同意を求めた。

「ええ」

侑里は頷いた。ここまで来た以上、取るべき態度はひとつしかなかった。淳子の言う通り、結婚を控えた幸福な女、それをたっぷりと演じて、透に見せ付けるしかない。

「あっそう」

透は不機嫌そうに鼻を鳴らし、ウォッカを喉《のど》を鳴らして飲んだ。その不機嫌さが、侑里にある種の自信を持たせた。透は気を悪くしている。それは嫉妬《しっと》と感じた。

侑里は、小さいときから自分が枠の中で生きるタイプの人間だということは知っていた。好奇心はあっても、踏み出せない。自分の身や自尊心を守ることを優先させてしまう。

付き合ってきた男たちはみんなどこか似ていた。優しくて品が良くてスポーツマンで、それなりの家庭に育った好青年。両親に反対されるような相手と付き合ったことなど一度もなかった。生活や経済力のレベルも、ひどく意識したわけではないつもりだが、自然に自分と近い相手を選んだ。境遇や考え方が似ているということは、結局、価値観も似ているということだ。そのことをちゃんと自覚していたし、それが最終的にはよきパートナーを得るために必要なことだと知っていた。

そんな侑里にとって、透は、生まれて初めての無謀な恋だった。そして無謀ゆえ、夢中になり、我を忘れて、髪の先から爪《つめ》の先まで溺《おぼ》れた。

「じゃあ、私はお先に」

淳子がスツールから下りた。

「えっ、帰るの。じゃあ私も」

侑里も慌ててバッグを手にした。それを淳子が押しとどめた。

「もう少し話していけばいいじゃない。精一杯、透を後悔させてやるの。透はね、何も変わってないわ。相変わらず傲慢で自惚屋《うぬぼれや》で人の気持ちがわからない奴《やつ》。その自信の根拠はいったい何なのかしらね。呆《あき》れるほどよ。とにかく、あの時言えなかったこともみんな言って、すっきりしちゃうことね」

淳子はそれを侑里というより、透に向かって言った。

「ここは透の奢《おご》りね。それじゃ」

最後に侑里に笑顔を向けて、淳子は店を出て行った。

淳子が消えてしまうと、緊張した気分が蘇《よみがえ》った。今、ここに、透とふたりでいる。あの時、好きでたまらない男だった。抑えられない気持ちに、自分自身が押しつぶされていた。

透は気紛《きまぐ》れに電話を掛けて来て、侑里を抱いた。それを恋と信じた期間はほんの短いものだった。すぐに、ただベッドに入ることだけが目的とわかった。けれども侑里は断ることができなかった。透には遊びでも、侑里にとっては恋だったからだ。

透とは、彼の一方的な連絡だけによって成り立っていた。侑里は待った。ただひたすら待った。侑里の会いたいという望みは、ほとんど叶《かな》えられたことはなく、すべては透の都合次第だった。それでいて、透から連絡が入れば一も二もなく彼のアパートへと急いだ。

遊ばれているとわかっていながらのこのこついていく女。いつかそんな最低の女になり下がっていた。でも、構わなかった。会えるならそれだけで満足だった。すでに、プライドなどという言葉の意味さえ見つめることはできない女になっていた。

その透にあっさりと捨てられた時、侑里は絶望を味わった。生きている意味とか、自分の価値というものがいっさい見えなくなって、それこそ、死んでもいいと思ったくらいだった。

「淳子の言う通りだ」

不意に透が言って、侑里は過去の記憶から呼び戻された。

「俺は相変わらずどうしようもない男だよ。おまえ、正解さ、俺みたいな奴からとっとと逃げて」

逃げたわけじゃない。透が突き放したのだ。そのことを透自身わかっていながら、わざとそんな言い方をする。まるで同情されているような気がして、侑里の心が固くなった。

「信じてくれないかもしれないが、侑里のことはずっと気になってたよ。けど、俺にはどうしようもなかった。おまえはちゃんとした会社のＯＬなわけだし、俺はそういった生き方とは無縁だし、興味もなかった。これ以上付き合ってたってロクなことにはならないとわかってたからさ。あの時、本当に侑里のことが好きだったよ。おまえは俺の回りにいる女たちとは違ってた。あまりにまとも過ぎて、俺にできることは、結局、別れることしかないと思ったんだ」

嘘《うそ》だわ、と思わず口に出して言いたくなった。そんなわけがない。あの冷たい電話の声、ベッドでの残酷な扱い、好きな女にできるはずがない。透は成り行きを美談にすり替えて、過去に酔うつもりなのだろうか。

侑里はカクテルを注文した。シャンパンの中に小さな角砂糖をひとつ。細かい泡が泉のように立ち昇ってゆく。それを口に運んで、透を見ないまま尋ねた。

「今も芝居はやってるの？」

「ああ、あれか。やめた」

「どうして、あんなに好きだったのに」

「色々あるんだよ、事情が」

「じゃあ、今は？」

「やめたばっかりで、別に何もやってない」

「仕事は？」

「決まったのはないさ。金がなくなれば、適当に働いて稼ぐし、あとはパチンコとか競馬とか」

「そんなのでちゃんと食べていけるの？」

「ちゃんと生きていくつもりなんかないからさ」

侑里は小さく息を吐き出した。

「相変わらずね」

「何度も言うなって」

返す言葉がなくて、侑里はグラスを口に運んだ。

透と同年齢の会社の同僚や同級生たちは、すでに社会の仕組みとか将来の設計とかに興味を持ち、その中で生きることを計算できるようになっている。生活が安定していないということを批判するつもりはない。夢や目的があるなら共感できる。けれど透の場合、結局は成り行きの生活をただ漫然と送っているだけだ。

「これが俺には似合いの生き方なのさ」

「私には、言い訳っぽく聞こえるわ」

さすがに透は押し黙った。顔には出していないが、透が不愉快でいるのがわかった。それでも構わないと思った。

こんな言葉を口にする自分に、侑里は驚いていた。たぶん透も同じ気持ちだろう。あの時、侑里はいつも透の顔色を窺《うかが》っていた。

あなたは正しいわ、あなたは素敵だわ、誰もあなたを理解できないだけ、あなたはそのままでいいの。

何を言われても、そんな言い方をして、彼を不機嫌にさせないよう、少しでも嫌われないよう、必死に言葉をつくしてきた。

でも今は違う。何でも言える。透の不機嫌も、嫌われることも怖くない。

「会社の同僚だって？」

「え？」

「結婚の相手だよ」

「ああ、そうよ」

「一流企業だもんな、おまえんとこ。将来は安定ってわけか。いい奴、見付けたじゃないか」

「おかげさまで。でもそれだけじゃないわ、思いやりがあって大人で、私のこと、すごく大切にしてくれるの」

「ふうん」

侑里は唇の両端をきゅっと持ち上げて、最高の笑顔を作った。

「今、つくづく思うわ。透に振られてよかった。振られてなかったら、あの人とは巡り合えなかったもの」

「俺とは関係ないさ」

「もちろん、そうよ。言ってみただけ」

「あっそ」

「ねえ、おめでとうって言って」

透は素直に口にした。

「おめでとう」

「ありがとう。もっと言って」

「おめでとう」

「もっと」

「しつこいぞ」

透の不機嫌な横顔が明かりに縁取られている。今になってカクテルが回って来たのか、頭の芯《しん》がジンと痺《しび》れていた。とても気分がいい。華やいだ感じだった。優越感に近いと思った。

「幸せよ、私」

「それはよくわかったよ」

ますます透は不機嫌になる。

「すごく、幸せ」

楽しくてならなかった。さっき透が現われた時、淳子に腹を立てたが、今は、彼女が言った通り最高のプレゼントをもらったのだと思った。

なぜ、私はここにいるのだろう。

侑里は薄暗い部屋の隅に、乱雑に重ねられているビデオテープの山を見つめていた。懐《なつ》かしさがあった。あの頃のアパートとは部屋が違うが、雑然とした雰囲気は同じだった。そしてこの温《ぬく》もりも同じだ。

侑里の耳元では規則正しく寝息が繰り返されている。吐き出される息は、そのたびに柔らかく侑里の頬をなでている。

帰らなくちゃ。

そのことだけは、痛烈に感じていた。

今すぐこのベッドの中から抜け出して、脱いだものを身につけて、決して後ろを振り向かないで、パンプスを履き、玄関のドアを押す。そうすることが、いちばん賢い方法であり、それしか選択はない。

そのことがよくわかっていながら、この温もりがどうにも心地よく、抜け出る気持ちがなかなかわいて来ないのだった。

どうして透のアパートになど来ることになってしまったのだろう。どうして透と一緒のベッドに入ることになってしまったのだろう。

後悔はある。けれども、そんなことを今になって後悔したって始まらなかった。来てしまった。そして裸になった。酔ってはいたが、すべてをそのせいにするほどの酔いではなかった。無理に服を脱がされたのでも、強姦《ごうかん》されたのでもなかった。自分の意志だった。あの瞬間、確かに、透と寝たいと思った。

たぶん、自分があまりに幸福だったからだ。もし今不幸だったら、決してこんなことにはならなかったろう。そしてまた、そんな自分だったら、透も部屋に誘いはしなかったに違いない。

ビデオデッキの青いデジタルが点滅している。そろそろ午前二時だ。

帰らなくちゃ。

と、思う。前よりもっと思う。ここは私の場所じゃない。私には帰るべき家がある。もう気は済んだ。敵は取った。今夜のことはちょっとした遊びにしか過ぎない。そう、ちょっとした遊びで寝られるほど、透の存在は無価値になったと言うことだ。独身時代の最後の思い出作りみたいなものだ。早く外の夜気に触れて、過去はすべてこの部屋に置き去りにしてしまおう。

デジタル時計の数字が2：00に変わり、侑里はようやくベッドから抜け出した。

その時、眠っているとばかり思っていた透の手が伸び、侑里の腕を摑《つか》んだ。

「帰るのか」

「そうよ」

「帰るなよ」

「え……」

侑里の動きが止まった。透の声には、まるでおいてきぼりにされる子供のような響きが含まれていた。侑里は思わず透を見たくなった。顔を向けて、その美しい顔が今、どんな表情に変わっているのか見届けたくなる。けれど、してはいけないと、頭の中で止める声がする。

「放して」

「もう少し、ここにいてくれ」

「できないわ」

「じゃあ、放さない」

「わかってるの？　私、結婚するのよ」

「ああ、最高の条件の奴とだろう」

「わかってるなら、放して」

透は一瞬黙り、やがて手の力を抜いた。ホッとする気持ちと、かすかな落胆を感じながら、侑里はベッドから離れ、服を身にまとった。

「また、来いよ」

バッグを手にした時、背後で透が言った。

「まさか」

思わず笑いそうになりながら侑里は答えた。

「待ってるよ」

「絶対に来ないわ。来るわけないじゃない」

「いや、おまえは来るさ」

侑里は背を向けた。決して透を見なかった。見たくないと思った。

❄

いつものように、お風呂《ふろ》上がりに寛《くつろ》いだ気分で缶ビールを飲んでいると、電話が鳴り始めた。流実子は手を伸ばし、受話器を取り上げた。

「もしもし」

「ああ、流実子」

相手の声が聞こえた瞬間、きゅっと胃が締め付けられるような緊張が走った。

母だ。

「もしもし、流実子？　聞いてるの」

「聞いてるわ」

素っ気無く答える。

「何なの、つっけんどんな声出して」

「別に、何か用？」

母と話す時、流実子は言葉がいつも短いセンテンスになってしまう。長く話すと途中で息が苦しくなり、何を話しているのかわからなくなってしまうからだ。

「来週の日曜、おじいちゃんの法事があるんだけど、帰って来られる？」

流実子は言葉を濁らせた。別段、用事があるわけではなかった。ただ、帰りたくない、という気持ちが先に立ち、頭の中で何かうまい言い訳はないものかと考えた。

「だったらいいわ」

流実子が答える前に、あっさりと母は言った。

「えっ、いいの？」

「都合悪いんでしょう」

「まあ、そうだけど」

「奈保子《なおこ》がいてくれるから、何とかなるわ」

奈保子は三歳違いの姉である。二年前、母の勧める男と結婚し、実家から歩いて三分ほどの距離のマンションで暮らしている。結婚前からそうだったが、母と奈保子は今も運命共同体のようにべったりと付き合っている。

「それじゃね」

電話が切れると、思いがけず落胆している自分に気がついた。

母の反応は淡泊過ぎるのではないかと思う。祖父の法事なのだ。もう少し食い下がってもいいのではないだろうか。せめて、どんな都合なのか尋ねるくらいの興味を持ってもよいのではないだろうか。

けれどすぐに、そんなことを考えた自分を馬鹿《ばか》らしく思った。今に始まったことじゃない。ずっと前からそうだ。母はよく流実子をいないものとして振る舞った。今ごろきっと、流実子が帰らないことがわかって、むしろホッとしているに違いない。

不意に、甘いものが食べたいという強い衝動がわいた。この欲求にかられるのは久しぶりだった。血液が飢えるような感じで、体の中をぐるぐる回っている。流実子はビールを喉に流し込み、これ以上、欲求が強くならないことを願った。

母とはずっとうまくいかなかった。小さい時からだ。やることなすことが、みんな母の神経を逆撫《さかな》でした。母の愛情と関心はすべて姉に向けられていた。なぜ、自分が愛されないのか、長い間わからなかった。今でも、正直言ってわからない。顔立ちが母をいびり続けて死んだ祖母に似ているということがあるのかもしれない。けれどそれは流実子の責任ではない。たぶん母と娘にも相性というものがあるのだろう。流実子と母とのそれはたぶん最悪なのだ。

小学校五年生の時だった。日曜日、母は姉と一緒に買物に出ていた。五時には戻ると言っていたのに、六時を過ぎてもまだ帰らない。居間で父が不機嫌そうな顔で新聞を読んでいる。流実子はどきどきしていた。帰って来たら、きっと父は母を怒るに違いない。そのことを想像してすでに胸が痛んだ。

やがてふたりが帰って来た。もう七時近くになっていた。父の不機嫌もピークに達していた。父が読んでいた新聞を下ろした時、慌てて流実子は言った。

「お母さんたち、遅すぎるわよ。五時に帰るって言ったじゃない。ほんとに頭に来る。約束したんなら守ってよ。冗談じゃないわよ、まったく」

突然、流実子がまくしたてたので、父は思わず苦笑した。

「ね、お父さん、あんまりよね」

父の表情が緩んだ。

「ま、いいさ」

父が怒らなかったことに、流実子は心から安堵《あんど》していた。自分は間違ったことはしなかった。父の怒りを少しでもやわらげたいと思い、わざと生意気な口をきいた。

当然、母にもそれは通じていると思っていた。しかし、母から厳しい口調で言われた。

「お父さんが怒るならともかく、どうして流実子にあんなに言われなくちゃならないの。普通は母親の味方になるものでしょう。それなのに、あんたときたら」

その時、流実子は自分の勘違いを知った。

中学に入った時、塾の帰りに、家の近くでチカンにあったことがある。後ろから抱きつかれ、スカートの中に手を入れられた。流実子は必死で男を突き飛ばし、走って逃げた。怖くて怖くて、帰って母に泣きながら告げた。母の返事はこうだった。

「あなたにスキがあるからよ」

なぜ、自分が叱《しか》られなくてはならないのかわからなかった。わからないまま、深く傷ついた。自分を責めた。悪いのは母の言う通り、自分なのだと思った。自分が汚い生き物のように思えた。

少しずつ、流実子は母に何も話さなくなった。やがて顔も見なくなった。話すときは、目ではなく、つい喉や髪の毛の辺りを見てしまう。母は時々、そんな流実子に「目つきが悪くなった」とため息をついた。長くそうしているうちに、母がどんな顔をしているのかよくわからなくなった。

甘いものを手放せなくなったのはその頃からだ。母とちょっとしたいさかいがあると、流実子はひどく甘いものが食べたくなった。甘ければ何でもいい。チョコレートでもキャンディでもお饅頭《まんじゅう》でも。とにかく、食べれば落ち着いた。自分の机の中にそれがないと不安でならなかった。毎日、学校の帰りにコンビニに寄って買い込んだ。そのせいでニキビに悩まされ、鏡を眺めてため息ばかりついていた。やめようと思うのだが、いったん欲求が湧《わ》き上がるとどうしても抑えられず、手が伸びてしまう。そんな生活が長く続いた。

大学生になった時、それが「シュガー・ハイ」という症状であることを知った。拒食症や過食症の一種だという。疲れた時に甘いものを食べるように、落ち込んだ時にも食べると血糖値が上がって、元気が出る。しかし大量に食べると、膵臓《すいぞう》からインシュリンが分泌《ぶんぴつ》されて急降下してしまう。するとまたハイの状態になりたくて、食べてしまう。結局、そういうものを食べ続けることで、やっかいなことを考える隙《すき》を与えないよう、自分を仕向けている、というのである。

家を出ようと決心したのはその時だ。今は無理でも、就職をしたら、必ずこの家を出よう。

ビールが喉を刺激しながら流れていく。舌の上で苦みがやけに強く感じられた。欲求はそれ以上やって来ることはなく、ホッとした。

週末、山川達彦《たつひこ》と会った。

付き合い始めて、そろそろ一年になろうとしている。

達彦とはラフな付き合いだ。流実子より二歳上の二十七歳。見た目は悪くなく、気前もよく、会話もそれなりに面白い。たぶん育ちがよいのだろう。鷹揚《おうよう》で、細かいことにこだわらないところも気に入っていた。

だからと言って、ふたりの関係が恋と呼べるかどうかと言うと、流実子は違うような気がする。恋が連れてくる濃密な感情が伴わない。たとえば切なさ、たとえば嫉妬、たとえば怒り、そんなものが存在しないのだった。気が向いた時に連絡を取り、都合がつけば会う。お互いに自分のスケジュールを犠牲にしても会うなんてことはしないし、たとえ会えない日々が続いても、しつこく理由を尋ねたり責めたりもしない。だからこそ、快適な付き合いが続いているのかもしれない。

「それって、セックスフレンドってこと？」

と、以前、友人に聞かれたことがある。

その時、なるほどな、と思った。

確かに、達彦はセックスがうまい。流実子がして欲しいと思うことを、達彦はちゃんとしてくれる。そしてまた、流実子も達彦が望んでいることをしてあげる。それはベッドというお皿に盛られたおいしい食べ物をふたりで分かち合って食べることに似ていた。

もし、達彦にいちばん惹《ひ》かれているところはどこだと尋ねられたら、やはりセックスと答えてしまいそうな気がする。

「そう言われたら、そうかもしれない」

答えると、友人は困ったような、それでいてちょっと羨《うらや》ましそうな顔をした。

「あのさ、ちょっと話があるんだけど」

セックスが終わった後の汗ばんだ身体《からだ》を離して、達彦が呟《つぶや》いた。

「なあに?」

流実子は気怠《けだる》く答えた。意識がまだはっきりとは戻っていない。温かな水に漂っているような浮遊感。幸福に似ている満足感。達彦とのベッドの後は、いつもこんな気分になる。

「メロン、好きかな」

唐突な質問に戸惑いながら、流実子は頷《うなず》いた。

「好きだけど」

「よかった」

「メロンがどうかしたの?」

「僕の実家、メロンを作ってるんだ」

「そう」

「温室メロンなんだけど、これがなかなか手がかかるんだ。温度調節から、間引きのことまでいろいろあってさ。何せ、一本の蔓《つる》に一個しか実らすことができないんだ。うちがやってるのはアールスフェボリット種、早い話がマスクメロンだ。メロンは高いって言われてるけど、いろんな手間のことを考えると、値段が張るのは仕方ないんだよ」

達彦は雄弁に語った。彼がこんなプライベートなことを話すのは初めてだった。

「その他にも果樹園をやってる。桃とみかんだ。山もあるし、田圃《たんぼ》も少しある。先祖代々受け継いでるんだ。それだけあると家族だけじゃ手が足りないから人を雇ってる。これでも地元じゃ、結構名の通った家なんだ」

「どうしたの、急に。今までそんな話したことなかったのに」

「うん」

達彦がかすかに俯《うつむ》く。

「何かあったの？」

「実は、田舎に帰ろうかと思ってるんだ」

「え……」

流実子はいくらか頭を持ち上げた。

「ほんとに」

「親父《おやじ》がこの間人間ドックに入ったんだ。そしたら心臓が悪いってことがわかったんだよ。それ聞いて、おふくろも急に心細くなったみたいでね、僕に帰って来ないかって言うんだ。僕もいろいろ考えたさ。確かに東京は面白い。心残りもある。けど会社は不景気だし、上司とは気が合わないし、いつリストラに巻き込まれるかわからない。こんな状況で、しがないサラリーマンやりながら暮らすよりかは、田舎でいい空気吸って過ごした方が健全な生活ができるんじゃないかと思ってさ」

思いがけない言葉だった。達彦は田舎の退屈な生活を望むようなタイプではないと思っていた。

「どう思う？」

どう、と問われても困る。流実子は戸惑った。達彦は黙ったまま天井を眺めている。

流実子が何と言うか、待っているようにも感じられる。

「それもいいんじゃない」

流実子はしばらく間を置き、落ち着いた声で言った。

せっかくの快適な付き合いを、これで終わりにしてしまうのは少し残念な気もしたが、ある意味、こういった終わり方がいちばんいいのかもしれない。

「本当にそう思う?」

達彦が少し弾んだ声で顔を向けた。

「こんなゴミゴミした都会で暮らすより、田舎の生活の方が百倍も幸福だわ。そうよ、そうした方がいいわ」

「うん、僕もそう思うんだ」

「達彦と会えなくなるのは淋《さび》しいけれど、それも達彦が幸せになるなら仕方のないことだもの」

流実子はベッドから抜け出て、床に落ちていたバスローブを拾い上げた。そのままバスルームに向かおうとすると、背後から達彦の声がした。

「勘違いしないでくれないか、僕は別れ話を持ち出してるわけじゃないんだ」

振り向くと、達彦が上半身を起こして流実子を見ている。頬がいくぶん緊張しているようにも感じられる。

「話っていうのは、これからだよ」

「なに？」

「ぼくは流実子とこのまま終わりにしたくないと思ってる」

「どういうこと？」

「今まで、中途半端《はんぱ》な付き合いをして来ただろ。会っていても、どこか恋人って感じじゃなかった。それが気楽でいいのかもって思った時期もあったけど、別れるかもしれないってことを考えた時、僕にはやっぱり流実子が必要だってことがわかったんだ。ずっと一緒にいたい。これから先もずっと。つまり、そういうことだ。わかるだろう、僕の言っていること」

流実子は顔を上げ、達彦を見た。それがプロポーズだと気づいて、心から驚いた。まさか達彦がそんな気持ちでいたなんて考えてもいなかった。流実子と同じように、ラフな関係を楽しんでいるとばかり思っていた。

達彦がベッドから起き上がり、裸のまま流実子の前に立ちふさがった。陽にやけた広い胸が目の前に広がった。流実子はそのなだらかに起伏する胸が好きだった。

「僕と一緒に田舎に来て欲しい」

「待って」

「結婚して欲しい」

「待って」

「ダメか」

いくらか後ろめたい気持ちで流実子は言葉を濁した。

「そうじゃなくて」

「じゃあ、どうなんだ」

「だって今まで、結婚なんて考えたこともなかったから」

「じゃあ、今、考えてくれ。それで、流実子の気持ちを聞かせてくれないか」

今まで見たこともないような達彦の思い詰めたような眼差《まなざ》しに戸惑いながらも、流実子はぼんやりと想像していた。

もし、達彦と結婚をしたら……彼とはベッドの相性もいい。話していて楽しい。人柄だって悪くない。もしかしたら平凡だけれども幸福な家庭が築けるのかもしれない。

けれど、そこには現実というものもある。結婚すれば田舎へ行くことになる。温室でメロンを育てている自分の姿はどうしても思い浮かべられなかった。何をどう考えても、そこ違うと思った。自分の場所がそこにあるとは思えない。自分の望んでいるものも、そこにあるとは思えない。

流実子は達彦から目を逸《そ》らした。

「ありがとう、そんなふうに言ってくれてとても嬉《うれ》しい。でも、私じゃないと思う。達彦と一緒に生きていく人は別にいると思うの」

達彦は言葉を失って立ち尽くし、いくらか責めるような目を向けた。

「どうしてだ」

「理由なんてうまく言えないわ」

「言ってもらわなきゃ納得できない」

達彦を傷つけることのないよう、流実子は言葉を慎重に選んだ。

「私はまだ人生を決めてしまいたくないの。私はやりたいのよ、この東京で、何かをちゃんとやりたいの」

「何かって、何だ」

「それはわからないけど」

「そんな曖昧《あいまい》なものに、人生を賭《か》けるつもりなのか」

「人生なんて、所詮《しょせん》、曖昧なものでしょう」

「現実と幻想の区別をしろよ。もう、子供じゃないんだ」

話しても無駄だと思った。達彦に通じるわけがない。いや、それも当然だろう。確かに、流実子自身にもまだ何もわかっていないのだ。ただ、気持ちの中に言いようのない強い欲求がある。今のままではない何か、もっと自分が生きている実感が持てる何かが欲しい。

「私と達彦は違うのよ」

流実子が離れようとすると、肩を達彦が摑んだ。むきだしの肩に熱い手の感触があった。

「どうしてもダメなのか、僕は流実子が好きだ」

流実子は静かに言った。

「放して」

「結局は、そんな簡単な関係でしかなかったってことなのか」

「とても楽しかった。私も達彦が好きよ」

「だったら」

「放して」

「いやだ」

「ふたりのこと、いやな思い出にしたくないの」

その言葉に達彦の手から力が抜ける。指が一本ずつ離れてゆく。最後の指が去るのを待って、流実子はバスルームに入った。

熱いお湯が身体を滑り落ちていく。感慨など持たないようにした。達彦との関係が終わった。ただそれだけのことだ。それ以外のことに心を引きずられはしないし、彼を傷つけたという自責の念もない。ふたつの意志は、ベッドの上で重なりあうこともあったが、それはひとつになったわけではない。あるべき場所に還《かえ》るだけのことだ。


瑛子は何も変わらない。

あのエッセイのほとんどが、流実子の書いたものであるということなど、意にも介してないように、いつも通りの態度で接して来る。翌日、たった一言、

「流実子ちゃんにもお世話になったわね」

の言葉と、スカーフを一枚プレゼントされた。それはエルメスで、四万円くらいはするだろう。けれど、ほとんど流実子の書いた原稿を使っておいて、本気でそんなもので終わらせるつもりなのだろうか。

あの時、エッセイを読んで流実子は逆上した。それはないんじゃないかと思った。せめて、前もって説明くらいあってもよかったのではないかと思う。黙って使われた。それは盗作と同じことではないのか。瑛子は弁護士だ。それくらいわかっているはずだ。

それでも、流実子は面と向かって抗議ができなかった。今、このことで騒ぎ立てれば、間違いなくこの事務所には居づらくなる。ここを辞めて、次を探そうにも条件のよい仕事などあるとは思えなかった。

それはとても不本意ではあったが、今は何も言わないでおこうと思っていた。仕方ないという気もしていた。けれどそれは、今は、ということだ。いつかチャンスがあれば、必ず行動を起こす。ただそのチャンスがいつ来るのか、行動というものがどういうものなのか、流実子自身にもまだわかってはいなかった。

瑛子のエッセイは順調に売れていた。

本屋の店先に積まれた本が、昨日見た時より確実に減っている。流実子はここのところ、会社の帰りに本屋に立ち寄り、売れ行きを確認するのが日課のようになっていた。

本が置いてある場所の近くに立って、お客の動きを観察する。素通りされるとがっかりし、手に取られるとドキドキした。長く立ち読みしている女性を横目で見ながら、買うのか買わないのかハラハラし、戻されるとため息をつき、そのままレジに向かってくれると心から嬉しかった。

今日も、いつものように近くで別の本を立ち読みしていると、流実子よりいくらか若いＯＬらしきふたり連れがやって来た。そのうちのひとりが本を手にして、もうひとりのＯＬに話しかけた。

「ねえ、これ読んだ？」

「なに？」

もうひとりの方のＯＬが覗《のぞ》き込む。

「最近、テレビや雑誌によく出ている岸田瑛子って女性弁護士がいるじゃない。あの人が書いたエッセイよ」

「『もうひとりの自分を探して』か。面白かった？」

「結構ね」

「ふうん」

言われたＯＬは手にしてぱらぱらとめくる。

「そうそうわかるってところがいっぱいあってね。あんなに美人で頭のいい人なのに、タカビーってところが全然なくて、ちょっと感動しちゃった」

「そんなに面白かったのなら、今度、貸してよ」

「ところが、今、友達のところに行っちゃってて、いつ戻って来るかわからないの。その子もいろんなとこに回しちゃってるみたいで」

「じゃあ、買おうかな」

ＯＬは本を返して定価を確かめている。

「これならお薦め。絶対に損はないと思うわ」

「じゃあ買う」

ふたりが言葉を交わし合いながら、レジに向かってゆく。

流実子の頬に自然と笑みが浮かんでいた。嬉しかった。自分の書いたものが人に読まれるということ。感動を与えるということ。おなかの奥の方で熱く動き出すものがある。それは今まで感じたことのない興奮と快感だった。ベッドの上で男が与えてくれるものとはまったく異質の、それでいてそれ以上に高揚した気分を与えてくれるのだった。

そのエッセイを手にしたきっかけはさまざまにあるだろう。有名な岸田瑛子が書いたものだから、という理由もあれば、タイトルに惹かれてという人もいるに違いない。けれど読んで感動したとしたら、それは流実子のものだ。たとえ名前もなく、存在すら知られなかったとしても、確かに流実子が与えたものに違いない。

その時、流実子は「書きたい」と思った。

自分の名前で、自分の思った通りに、思いを文字にして本にしたい。

今までそんなことを考えたことはなかった。書くことは小さい時から好きだったが、それを形にするとか、それで収入を得るとか、ましてや仕事にするとか、そんなことなどできるはずがないと思っていた。次元の違うことだと考えていた。けれども今、流実子は実感していた。

私なら書ける。

あの本よりもっといいものを。

あの時は瑛子の書いたものをベースにしなければならなかった。もし最初から自分なりのテーマで、思った通りに書いたとしたら、きっともっと面白いものが書けたはずだ。原稿と向き合っていた一週間は夢中だった。楽しくて仕方なかった。あんな充実感を味わったことは今までなかった。この本では、瑛子の陰に隠れてしまわなければならなかったけれど、もし自分にチャンスが与えられたら、きっと、きっと。

❄

ブライダルエステコースに通い始めて、もうひと月になる。

美しく清潔に整えられたサロンの個室は快適だった。病院のような陰湿さもなく、美容院のようなプレッシャーもない。

最近、エステティックは男性にとってのソープと同じような役割をすると読んだことがある。侑里がずっとファンでいる岸田瑛子という女性弁護士が書いた『もうひとりの自分を探して』というエッセイだ。

面白い発想だと思った。心地よさは性的快感とつながるものではないだろうが、オイルをたっぷりと使った全身マッサージは、身体だけでなく、心の強《こわ》ばった部分もときほぐしてくれるような気がする。男ももしかしたら、風俗に行くのは、セックスの欲求の解消ばかりではないのかもしれない。

その他にも、そのエッセイには考えさせられること、頷けることがたくさんあった。結婚を控えた侑里にはタイミングもよくて、何度も読み返していた。

岸田瑛子のことは以前からテレビや雑誌で見ていて、その頭の良さと美貌《びぼう》に惹かれていた。だからエッセイが出版されるとすぐに購入した。読み終えた今、ますます強い憧《あこが》れを感じるようになっていた。

サロンの中は環境音楽とアロマテラピーの効果もあって、海に漂うような快適さを得ることができる。いつもの侑里なら十分もするととろとろとまどろんでしまう。

「疲れてます？」

侑里より年下の、まだ二十歳そこそこといった感じのエステティシャンが、気のいい声で言った。初めての時からこの女の子に担当してもらっていて、すでに気心も知れている。何しろこちらは裸のままなので、今さらとりつくろってもしようがないという開き直りにも似た甘える気持ちがあるのだった。

「どうして？」

背中をマッサージしているので、顔はタオルの中にあり、侑里はくぐもった声で尋ねた。

「何だかリラックスされてないみたいで。部屋、もう少し暖めますか？」

「ううん、いいの」

短く答えて、侑里は口を噤《つぐ》んだ。思い当ることは確かにある。あれからずっとどうしようかと考えている。

あの夜、侑里は淳子からプレゼントされたジノリのカップを透の部屋に忘れて来たのだった。帰りぎわ「おまえはまたきっと来るさ」と透は言った。あの時すでに、忘れている侑里に気がついていたに違いない。なのに、わざと言わずに侑里を帰したのだ。

同じジノリのカップなら、デパートに行けば手に入る。けれどあのカップには特別に名前が入れてある。そのまま放置するのは淳子に悪い。もし新居に淳子が遊びに来るようなことがあった時も、それがないことを誤魔化すことはできない。

「式は二ヵ月後ですよね」

「ええ、そう」

「その間に、リムーバーもしっかりやっておきましょうね。新婚旅行はタヒチでしょう。日焼けに負けないようにボディもちゃんと整えておかなくちゃならないし」

彼女の指が背中を滑る。侑里は目を閉じる。

行きたくない。透とはもう二度と会いたくない。会ってはいけない。私は結婚する。あの夜のことは、あの夜で終わったのだ。それは透を好きだったあの時の自分に決着をつけたということでもあったはずだ。

「では、おなかに移ります。仰向けになっていただけますか」

エステティシャンの声に従い、ベッドの上で侑里は体を返した。おなかに体温と同じに温められたオイルが流される。エステティシャンの指が小さく螺旋《らせん》を描き始める。不意に、あの夜の透の感触が戻って来そうになり、侑里は戸惑った。だからこそ思い出そうとした。二年前、透がどれほど残酷な仕打ちをしたかということを。

侑里は二十三歳になろうとしていた。

ＯＬ生活にも慣れ、それなりに快適に過ごしていた。もともとは淳子の紹介だった。その頃、淳子は小劇団に凝っていて、休みによく観《み》に行っていた。その中でも「無間《むげん》」という劇団が気に入っていて、いつか通うだけでなく、チケットをまとめて売り捌《さば》いたりするようになっていた。

侑里も誘われ、何度か付き合った。芝居そのものはよくわからなかったが、そこにはＯＬとして毎日を過ごしている侑里には見ることのできない、熱気とエネルギーが溢《あふ》れていた。

淳子がかなり多くのチケットを捌いたということで、公演が終わった後の打ち上げパーティに招かれた。それに侑里も誘われ、透と出会った。

透は劇団のメンバーのひとりで、芝居の中でも目立っていた。それはもちろん舞台と客席という距離感のもとであり、彼というより役柄が目立つものだったというだけだろう。ひとつ年上の透は、まともな就職をしているわけではなく、アルバイトをしながらこうして好きな芝居に出ているという生活だった。

透は美しい男だったが、突き詰めればそれだけの男でしかなかった。怠け者でひどくお天気屋のところがあり、お金にもだらしなかった。けれども、そんな男にとって唯一《ゆいいつ》の武器のように、女を引き付けてやまない何かを持っていた。

顔を合わせた瞬間、まずいな、と思ったのを侑里はよく覚えている。近付いてはいけない男。自己防衛の本能のようなものを感じた。

透はたぶん、会った時から侑里の思いを察していたに違いない。自意識の強い透が、自分に向けられる感情を敏感に感じ取らないはずはなかった。簡単だった。打ち上げの翌日、透から電話が入り、ふたりで飲みにでかけた。その時にはもう侑里は透に夢中になっていた。

淳子はしばらくするとゴルフに凝り始め、芝居から離れて行った。それでも侑里は劇団への出入りを続けた。チケットも淳子の代わりに捌くようになった。売ろうにも、そうそう買ってもらえるわけではない。自腹を切って友人たちにタダで配ることもしょっちゅうだった。芝居に興味があったわけじゃない。「無間」という劇団が好きだったわけでもない。ただ透のそばにいたかった。

透が好きだった。ただ、それだけだった。

侑里は自分の生活をすべて透に合わせた。会いたいと連絡があれば、どんな用事があっても都合をつけた。お金のない透に負担をかけたくなくて、食事や飲み代の支払いを引き受けることもしばしばだった。仕事帰りに透の部屋を訪れ、掃除をしたり料理を作ったりもした。透は時間にルーズで約束に一時間ほど遅れるのも平気で、時にはすっぽかされる時もあったが、怒りは感じなかった。いっそう恋しさがつのるだけだった。透しか見えなかった。

そんな侑里を心配して、淳子からは何度か忠告を受けた。

「透はやめておいた方がいいわ。悪いけど、女は他にもいっぱいいる。あいつは所詮、自分しか愛さない男よ」

そう言われるたび「そうね」と侑里はいつも頷いた。淳子の言っていることは嘘《うそ》ではないだろう。やっかみで言っているのではないこともわかっていた。けれど別れを考えたことはなかった。別れられるはずがなかった。

私だけは違う。透が遊んできたほかの女たちとは違う。たぶん透とかかわったすべての女たちが思うのと同じ愚かな期待を、侑里も抱いていた。

やがて、透は露骨に侑里を避け始めた。新しい女ができたのだ。それに気がついても、どうしていいかわからなかった。ここで手を離してしまえば何もかもが終わる。透が離れてゆく。引き止める術《すべ》は、ひたすら追いすがるしかなかった。

けれど電話に待ちくたびれて、約束なしにアパートを訪ねた時、透の背後で知らない女がベッドに入っているのを見て身体《からだ》が震えた。そして、打ちひしがれる侑里に追い打ちをかけるように、透は冷たい目でこう言ったのだった。

「帰れよ」

彼女にではなく、侑里に。

あの時感じた屈辱と絶望は、今も忘れてはいない。

肌が適当なオイル分を残してしっとりしている。エステティックの後は、疲れた皮膚が一枚剝《は》がれてしまったような気がする。帰ったらお化粧をし、髪をブローし、着替えてもう一度家を出る予定だ。夕方から直紀との約束があった。

家に帰ると、母が呉服屋を呼んでいた。

「遅かったじゃない。ずっと待ってたのよ。ねえ、どれがいいかしら」

母は上機嫌で侑里を手招きした。リビングには色鮮やかな反物が何本も広げられている。

「訪問着と小紋ぐらいは作っておかなきゃと思ってね」

「きれい」

侑里は母の隣に腰を下ろし、美しい色と柄で彩《いろど》られた絹の布を手にした。

「どれもこれもよくて、目移りばかり。あんまり派手なのもすぐに着られなくなっちゃうけど、地味なのもねえ。ああ困ったわ、本当にどれにしようかしら」

結婚が決まってから、母はまるで自分が結婚するかのようにはしゃいでいる。着物だけでなく、家具も食器も、買物はすべて母と一緒だった。母は「こういう日が来るのを待っていたの」と、パンフレットやカタログを侑里以上に熱心に読み耽《ふけ》った。

母と娘はひどく反発し合うか、さもなくば一心同体になるかだ。侑里は後者の方だった。小さい時から確執などなく、姉妹のような感覚で付き合って来た。母はいつでもいちばん身近な女性であり、侑里の根本的な生き方の指針になっていた。

母は二十二歳で銀行員の父と結婚をし、それからずっと専業主婦をしている。ふたりは夫と妻の役割分担を典型的に分けていて、それがとてもうまくいっていた。母は経済的にも精神的にも父に頼りきり、社会というのは家族の中にしかなかった。料理をしたり、裁縫をしたりするのが好きで、生きがいなどということに急に目覚めて、パートに出たり浮気に走ったりすることもなかった。草食動物のように、ゆったりと穏やかに家族という柔らかな草をはんでいた。

家庭は円満だった。父は今、中規模店の支店長をしている。五歳下の弟も何の問題もなく、大学に通っている。

直紀と結婚すれば、自分もまた母と同じような生き方をしていくことになるだろう。そのことにさほど抵抗はなかった。それが自分にはいちばん似合っている。激しく放埓《ほうらつ》に生きることに憧れはあっても、所詮は川の向こうの話だ。夫に守られ、家族に囲まれ、自分もまた母のように穏やかな毎日を送る草食動物になる。それは決して諦《あきら》めなどではなく、自身が望んでいることだ。

「これなどいかがでございますか」

愛想のいい声で、呉服屋が言った。浅紅色に小花が散った訪問着だ。少し愛らし過ぎるような気もする。

「お嬢様でしたら、これくらい華やかなものをお召しになってもよろしいかと。十年くらいたちましたら、染直しもできますし。品物は最高でございます」

「そうねえ、それも悪くないわねえ」

母はその反物を侑里に当てて、さかんに頷《うなず》いている。侑里は壁の時計に目をやった。そろそろ支度をしないと間に合わない。

「どう、侑里、これにする?」

「お母さんに任せるわ。私、着物はわからないから。その方が安心だし」

成人式の時の着物も母が選んだ。それがとてもよく自分には似合っていた。母に任せておけば間違いはない。

「そう？」

「じゃあ私、約束の時間があるから」

「ああ、直紀さんと待ち合わせだったわね。早くいらっしゃい」

侑里は二階の自室に上がった。クローゼットから今日着ていく服を手にして、鏡の前で着替えた。

部屋は今、とても乱雑な状態になっている。荷物の整理にかかっていて、結婚を機に処分してしまうものが段ボール箱に詰め込まれ、壁ぎわに積まれている。いったん処分しようと決めても、次に手にすると惜しくなったりして、なかなかはかどらなかった。これからますます忙しくなるだろう。式まで二ヵ月。二ヵ月なんてすぐだ。婚約してから、本当に毎日時間がたつのが早くてならない。

用意を済ませて玄関に下りると、居間から母の笑い声がまだ聞こえていた。顔を覗かせてから、侑里は家を出た。

直紀とは銀座で待ち合わせていた。

式場に出向いていくつかの打ち合せをし、旅行会社で日程表を受け取らなければならない。最近はデートというより、こういった事務的なことばかりで時間が過ぎていってしまう。

それでも食事は少し贅沢をして、近頃雑誌などで評判のレストランに入った。会社では毎日のように顔を合わせているが、やはり人目もある。婚約しているということは周知の事実でも、いや、だからこそ却《かえ》って気を遣ってしまう。せめてふたりで過ごせる食事の時間ぐらい、恋人同士を遠慮なく振る舞いたかった。

「あと二ヵ月か。結婚って、こんなに大変なものだとは思わなかったよ」

直紀が鴨《かも》のローストをゆっくりと口に運びながら言った。

「大変だけど、楽しいわ。一生に一度のことだもの」

「いろんなこと、君に任せてしまって悪いとは思ってるんだけど」

「気にしないで。あなたは仕事で忙しいんだもの。母がね、すごく協力してくれてるの。まるで自分が結婚するみたいに」

侑里はワインを口にした。

「本当に、君とお母さんは仲がいいんだね」

「似てるの、私たち。趣味も好みも。血液型も一緒だし。母が選んだもので、私が気に入らなかったものなんて何もないの。だから、任せておいても安心」

それから侑里は少し上目遣いで直紀を見た。

「でも大丈夫よ。直紀さんのお母さんともちゃんとうまくやっていけるから」

直紀が苦笑する。

「まあ、頼むよ」

「今ね、荷物をいろいろ仕分けしてるの。そっちに持っていくものとか、実家に置いていくものとか、捨ててしまうものとか。そしたら昔のアルバムとか出て来て、ついそれに目がいっちゃって、なかなか進まないの。困っちゃう」

「僕としては、身ひとつで来てもらって構わないんだからね」

さりげなく直紀は言う。侑里はほほ笑みを返す。直紀は少し坊っちゃん育ちのところがあるが、気持ちに歪《ゆが》んだところのない人だ。男としての妙なプライドや権力をふりかざしたりもしない。だから言葉の裏側に隠れている真意とか、無言が持つ意味などに余計な気を遣ったりしなくていい。直紀が口にした言葉は、みんなそのままだ。

プロポーズの時、直紀が侑里に言った言葉を今も覚えている。

「特別じゃなくていい、平凡でいいんだ。君がいて僕がいて子供たちがいる。そんな家庭を一緒に作りたい」

直紀は父に似ているのかもしれない。姿形はまるで違うが、ニュアンスに感じる。彼に対していちばんに感じられるのは安心感だ。この人と一緒なら間違いない。だとしたら母と似ている自分ときっとうまくいくだろう。

食事を終え、車で侑里の家へ向かった。休日の幹線道路はすいていて、ドライブをしているような気分になる。カーラジオからはJウェーブがポップな曲を流し続けている。

夜の風景が闇《やみ》に溶けて窓越しに流れてゆくのを眺めながら、侑里はいつの間にかぼんやりと考えていた。

行った方がいいのか、それともやめておくべきか。もう顔を見たくない。声も聞きたくない。けれどもあのジノリのカップだけはどうしても取り返さなければならない。

どうしよう、どうすればいい。

「いい？」

不意に隣のシートから声がして、顔を向けた。一瞬何のことかわからなかったが、やがてその言葉の持つ意味に行き着いた。それに気がつくと、どういうわけか背中の皮膚が収縮するような感じがした。そんな感覚は初めてだった。

「ごめんなさい、家で両親が直紀さんのこと待ってるの。だから今日は」

「そうか、じゃあこのまま行こう」

一時間ほど遅くなるだけのことだ。まだ八時を少し過ぎたところだし、それが九時を過ぎたとしても大した問題じゃない。ベッドに入った後、ふたり揃《そろ》って両親と顔を合わせるというのはどこかしら後ろめたいような気分になるが、今まで一度もそんなことがなかったわけでもない。

侑里は運転する直紀の横顔を見た。対向車線を走る車のヘッドライトが、闇にその表情を浮かび上がらせる。その時ふと、現実感が薄れていくのを感じた。

この人は誰？

吉村直紀、二十九歳。幸福という名のチケットを私にプレゼントしてくれる人。私の結婚相手。

けれどもこうして車のシートに深く腰を下ろしていると、夜の道を走り抜けていく自分がまるで他人のように思えてしまう。不思議な、不安定な感覚だった。

幸福というのは、もしかしたらほんの少し毒が含まれているのかもしれない。心のどこかが、かすかに痺《しび》れているような気がする。

透のアパートはなかなか見つからなかった。

少し苛々《いらいら》しながら、侑里は見覚えのある通りを何度も行ったり来たりした。

確かにこの辺りのはずだ。酔ってはいたが、覚えている。アパートを出て、二度角を曲がり、大通りでタクシーをつかまえた。その時と同じ道のりを逆に辿《たど》っているのに見つからない。

どうしても見つからなければ、それはそれで仕方ないと考え始めていた。淳子には悪いがジノリのカップは諦める。諦めるしか方法がないのだからしようがない。そのことがかえって侑里をホッとさせていた。

三十分近く探し回り、もう帰ろうと思ったとたん、アパートが見つかった。それは狭い路地を少し入ったところの、前の白いビルに隠れるようにして建っていた。侑里はがっかりした。もう、透を訪ねないで済む自分への言い訳はなくなってしまった。

日曜日の午前中。まだ十時を少し回ったところだ。今ならきっと透はいる。もしかしたら女が一緒かもしれない。わざとそんな可能性がある時間を見計らって来たということもある。その方があっさりと対応できるからだ。

鉄骨の階段を、音をたてないようヒールを少し持ち上げながら登って行った。号数は覚えていないが、奥から二番目の部屋だ。

ドアの前に立ち、少し躊躇《ちゅうちょ》した。その根拠はよくわからない。ただ、このドアが開いて透が顔を覗かせた時、ナメられてはいけないと思った。ナメられたら負けだ。あの時せっかく取った敵も取り返されてしまう。背筋を伸ばし、それでいて鷹揚《おうよう》に構え、忘れたものを返してもらう。そしてさっさと背を向けて、もう二度とここには来ない。

侑里はチャイムを押した。一度で出るとは最初から思っていなかった。二度、三度、それでも出ない。苛々してきた。立て続けに押した。ようやく鍵《かぎ》がはずされる音がした。ドアが開いて、半分意識のない透が姿を現した。やはり寝ていたようだ。透は侑里を確認しても驚きもせず、目をこすりながらまるで旧知の友が訪ねて来たような自然さで「なあんだ侑里か、上がれよ」と言った。

「ここでいいわ、忘れものを取りに来ただけだから。持って来て」

透は聞こえなかったのか、奥に引っ込んだ。しばらく待ったが、何の反応もない。仕方なく、侑里はドアから顔を覗かせた。透はベッドを整えていた。

「それさえもらったらすぐに帰るから」

「玄関先でごちゃごちゃ言ってないで、とにかく上がれって。コーヒーぐらい付き合えよ。インスタントだけど」

侑里の背後を隣の部屋の住人が通ってゆく。いかにも興味ありそうに、何度も振り向いて侑里を見ている。その目に押されて、とりあえず玄関に入り、後ろ手でドアを閉めた。

「コーヒーはいらないわ」

切り口上に言うと、キッチンでお湯をわかし始めた透が苦笑した。

「おまえ、少し意識し過ぎなんじゃないか。俺が襲うとでも思ってるのか」

見透かされたような気分になり、頬が熱くなった。仕方なく部屋に上がった。この間は明かりが落とされていてわからなかったが、以前に住んでいた部屋より広い。壁ぎわにパイプベッド、反対側にテレビやオーディオ機器が納まったボード。床にはビデオテープやCDが放り出してある。丸くて小さいテーブルがひとつ、窓際《まどぎわ》に椅子《いす》が一脚。椅子の背にはシャツやトレーナーが無造作にかけてある。

侑里は窓の前に立った。開け放たれた窓から小さく新宿の高層ビル群が見えた。春先のまだ肌寒い午前中。空の色がいくらか濃くなったように感じる。東から西に向かって白い雲がゆっくりと流れてゆく。懐《なつ》かしいようなもどかしいような、どこかデジャ・ヴュに似た感覚があった。

「ほい」

背後から透がカップを差し出した。香ばしい香りが、気持ちをいくらか和らげる。

「ありがとう」

ついほほ笑みを返してしまい、侑里はそんな自分に舌打ちしたくなった。

透は床に腰を下ろし、カップを両手で包み込むようにコーヒーを飲んだ。その姿に緊張もためらいも戸惑いもない。何なのだ、と思ってしまう。何なのだ、これは。この男はどうしてこうも落ち着いていられるのだ。そしていったい私は何をしているのだ。

侑里は飲みかけていたカップをテーブルに置いた。

「それで、どこにあるの？」

「なに？」

「私が忘れていったもの」

「ああ、あれね」

「早く出して」

「どこにしまったかな。寝起きだから、まだ頭がよく回らなくて」

「だったら、私が勝手に探してもいいの」

「いいよ、好きにして」

けれど、そんなことはできるはずがない。

「いいから、早く、出して」

透はコーヒーを喉《のど》に流し込み、それから侑里に顔を向けた。

「俺と一緒にいるの、そんなにイヤか」

侑里は目をそむけた。

「ええ、イヤよ」

「相当嫌われちまったんだな、俺」

「当然でしょう。透はそれだけのこと、私にしたんだから。いいわ、勝手に探すわ」

侑里は立ち上がり、押し入れの襖《ふすま》を開けた。乱雑に放りこんである物の中に、ジノリの包みは見られない。もう少し奥の方までと、侑里はいったん手を出した。けれどもすぐに引っ込めた。押し入れの中は秘密めいた匂《にお》いがあって、それはまるで服を脱いだ透の身体に直《じか》に触ることに似ていた。

「無理かな」

「え?」

透の声に侑里は振り向いた。

「俺たち、やり直せないか」

その唐突なセリフに、侑里は声も出なかった。

「ここのところ、ずっと考えてたんだ。俺はどうしたら新しい人生をもう一度始められるんだろうって。けどわからなかった。何をどうすることが今の自分を変えられるのか。俺みたいな男でも本当にやり直しがきくのか。さっぱりわからない。でも、もううんざりなんだ。こんな生活、飽き飽きだ。まっとうに生きたいんだ。地に足がついた生活ってやつだ。そんなことを考えている時に、侑里と再会した。侑里と二年ぶりに会って、つくづく思ったよ。どうしてあの時、別れてしまったんだろうって。もし侑里が一緒にいてくれるなら、俺は変われるんじゃないかって」

侑里は立ち尽くしたまま言った。声がかすれていた。

「何を言ってるの」

「笑われてもいい。でも本気だ」

「呆《あき》れて、言葉もでないわ」

「この間、侑里と会ってから、ずっと侑里のことばかり考えていた。確かに、二年前の俺はひどいことをした。そのことを詰《なじ》られても仕方ないと思ってる。でも、今の気持ちは嘘じゃないんだ」

「言ったでしょう、私、結婚するのよ」

侑里は笑いながら答えた。笑うしかなかった。まじめになど、どうして取り合うことができるだろう。

「まだ、結婚したわけじゃないだろう」

「勝手なこと言わないでよ」

「勝手なのはわかってる。わかってて、言ってるんだ。今の俺には何もない。その男が持ってるようなものは何もない。けど、その男が今の俺ほど、侑里を必要としているとは思えない。その男は、本当に侑里じゃなきゃダメなのか。侑里もその男じゃなきゃダメなのか。俺はダメだ、侑里でなきゃダメだ」

「やめて」

侑里は拒否する。透の身勝手なセリフに身体が震える。つい先日、再会したばかりではないか。会わなければそれまでではないか。二年前、あれほど残酷に捨て、どれだけ手を伸ばしても冷たく振り払った。それを今になって何を調子のいいことを並べているのだ。

「悪い冗談としか思えない」

「時間がたたなければわからないことっていうのもあると思う。俺にとって、この二年は大きな意味を持っていたし、こうして侑里と再会できたのも運命なのかもしれないと思えるんだ」

「帰るわ、私」

侑里はまっすぐ玄関に向かった。これ以上、そんな馬鹿《ばか》げた話を聞いているつもりはなかった。カップはもういい。これ以上この部屋にとどまっていたくなかった。三和土《たたき》に足を下ろしたが、パンプスにうまく入らなかった。足が震えていた。

「待てよ」

透が立ち上がった。その時、恐怖さえ感じた。

早くここから出なければ。もし後ろから抱きすくめられでもしたら。そうしたら。パンプスが倒れた。足が入らない。焦《あせ》る。透が近付く。

来ないで、侑里は思わず叫びそうになった。

「忘れもの、持って行けよ」

そう言って、透はキッチンの流し台の下から紙袋を取り出した。それは探していたプレゼントの包みだった。

「悪かったな、変なこと言って。今のは忘れてくれ。どうも俺って男は、侑里を困らせてばかりだな」

侑里は包みを受け取った。一瞬、透と視線が重なった。透の目にはいつもの彼特有の傲慢《ごうまん》さはなかった。まるで捨てられた子犬のような情けない目をしていた。愛《いと》しかった男、あの時、死ぬほど好きだった男。けれどそれはもうすべて過去だ。侑里は何も答えず、外に出た。それから何もかもをふっきるように、駅に向かって走り出した。

来週、新居に家具が入る。

侑里は直紀の家を訪ね、二世帯住宅の二階にある部屋の掃除をしていた。照明の埃《ほこり》を払い、フローリングの床を拭《ふ》く。建て替えてから二年ばかりらしいが、直紀が寝るだけのために使っていたので大して汚れてはいない。キッチンやお風呂《ふろ》などは新品と言っていいほどだ。

まだ室内はがらんとしている。いくつか直紀の使っているものが残っているが、新しい家具が入った時点で、古いものは処分してしまうことになっている。家具は母と慎重に選び抜いた。母は一生ものだからと言って、チェストや和箪笥《わだんす》などは、裏側にまで丹念に目を届かせた。

「北はどっち？　ベッドを入れる時、北枕《きたまくら》ってわけにはいかないでしょう」

「うーん、あっちかな」

直紀が部屋の真ん中に立って、指差した。

「じゃあ、こっちの壁を頭にして。でも、そうなるとドレッサーをどこに置いたらいいかしら」

侑里は腕を組み、部屋を見渡した。やはり窓際の日差しが入る方に置きたい。その方がお化粧もしやすい。けれどそうすると、少し使いづらそうだ。

「そんなことよりさ」

背後から直紀の手が侑里の身体に回された。侑里はするりとかわして、軽く睨《にら》んだ。

「ダメよ、お母さんが上がっていらっしゃるわ」

「大丈夫だって、来やしないさ」

今度はいくらか強引に侑里を引き寄せて、首筋に唇を当てた。生暖かい吐息と舌の感触。

「やめて」

侑里は直紀を押し戻そうとした。

「もう遅い」

「やめてって」

「いいだろ、したい」

「やめてったら」

侑里ははっきりと拒絶した。直紀を押し返した腕には、思いがけず強い力がこもっていて、直紀は驚いたように侑里を見た。

「何だよ」

「ごめんなさい、だって、こんなところで」

しかし、驚いているのは侑里も同じだった。

「いったいどうしたっていうんだ。何かあったのか」

「別に何も」

侑里は背を向ける。

直紀がひとつため息をついた。

「ここんとこ、ずっとこんな調子だね。誘ってもいつもかわされてる。僕、何か君の気にさわるようなことしたのかな」

侑里は俯《うつむ》いて首を振った。

「ごめんなさい、そんなつもりはないの。ただ、何だか最近、変なの私、自分でもよくわからないんだけど、何て言うか、気持ちが安定しないって言うか」

侑里は直紀と目を合わさないまま答えた。

内心、狼狽《うろた》えていた。決して透とのことがバレてしまうかと狼狽えたのではない。何かあったのか、と直紀に言われた時、一も二もなく透のことが頭に浮かんだ自分自身に対してだ。あれからずっと、透のことは考えないようにしていた。けれども、考えないようにするということは、いつも考えているのと同じだった。

「もしかして、ウェディング・ブルーってやつかい？」

侑里は顔を向けた。

「本で読んだことがあるよ。結婚前って、女性は情緒不安定になるんだってね」

この人はいい人だ。侑里は改めて感じる。泣きたくなるほど確信する。こんないい人を夫にできる自分は、間違いなく幸福を手に入れることができるだろう。

何もかもわかっている。どの選択がいちばん正しいのか。私はもう子供じゃない。一時の感情に煽《あお》られて、長い人生を失敗するようなことはしたくない。直紀は結婚相手として文句はない。理想の相手だ。これ以上のパートナーはもう見つからないかもしれない。

それがわかっていて、なぜこんな思いにとらわれるのだろう。

侑里は躓《つまず》いていた。躓いて、膝《ひざ》を抱えていた。背を丸めて、自分を抱き締める。この不安は何なのだろう。恐れにも似た気持ちが身体《からだ》の奥の方から溢《あふ》れて来て、急に泣きだしてしまいたくなる瞬間がある。

そんな時、侑里は秤《はかり》を持ち出して来る。さまざまなものを受皿に乗せる。安定、信用、将来、経済力、人間性。そのどれもすべて直紀の受皿の上に乗る。なのに秤は動かない。どころかからっぽの受皿の方がゆっくりと下りてゆく。

何もない受皿にはいったい何があるというのか。目を凝らしてみる。けれど見えない。見えないのに、秤はどんどん傾いていく。

ドアの向こうに透の姿を見た時、もうダメだと思った。

もう私は走りだしてしまっている。いったいいつからだろう。たぶん、透と再会したあの時だ。敵を取ってやりたい、結婚をみせびらかしたい、後悔させてやりたい、そう思った時、すでに自分で敷いたはずのレールから足を踏みはずしていた。

「私……」

侑里は透を真っすぐに見た。

「何も言わなくていい、ここに来てくれたってことが返事だって思ってる」

透が手を差し出した。侑里はその手につかまった。心の重さをみんなその手に委《ゆだ》ねた。愛しいという思いは、すべてをチャラにしてしまう。侑里はただその手で抱き締められることだけを欲していた。

今から始まるであろうさまざまなトラブルと、引き替えにしてまでも離したくない手だった。

❄

予定の時間を過ぎても、瑛子は外出先からなかなか戻って来なかった。

流実子は二杯目のコーヒーを工藤に出した。

「申し訳ありません。二時には必ず戻ると言っていたんですが」

「いいんだよ、君がそんなに気にすることはないよ」

工藤はいつものように穏やかにほほ笑みながら、流実子に言葉をかけた。

「編集者は待つことに慣れてるんだ。先生が忙しいのはよくわかってる。それにしても、君はコーヒーをいれるのがうまいね。ここに来ると、君のコーヒーが飲めるのが楽しみなんだ」

「ありがとうございます」

流実子は少し照れて、肩をすくめた。

「ところで、もう読んでるよね、先生のエッセイ」

「はい」

「どう思った？」

流実子は言葉を探した。どう答えればいいだろう。もし今、あのほとんどを流実子が書いたのだと言ったら、工藤はどんな顔をするだろう。

「とても素晴らしかったです。等身大っていうんですか、先生はどうしてあんなに私ぐらいの年代のことがわかるのかしらって驚いてしまいました」

「うん、本当にそうだ。さすがだよ。売れ行きも好調でね、増刷がかかるのも時間の問題なんだ」

「そうでしょうね」

「それで、先生のスケジュールはどうなってるのかな。すぐにでも二冊目にとりかかってもらいたいと思ってるんだけど、大丈夫そうかな。忙しいことはわかってるんだが」

「さあ、私にはちょっと。スケジュールについてはほとんど安井さんが管理しているんです」

「そうか。今の勢いに乗って、次のを出せるといいんだがなぁ」

そう言って、工藤はソファにゆったりと寄り掛かった。

「あの」

「うん」

「あのエッセイは、やっぱり先生が書かれたものだということで、売れるんでしょうか」

「え？」

「やはり著者の存在っていうのは大きいものなのかなぁと思って」

「もちろん、それもないとは言えないだろうな。けれど、やっぱり中身で勝負だよ。いいものを書けば必ず結果は出る。どれだけ有名人が書いたとしても、つまらなければ売れはしない。読者は賢いからね」

「じゃあ、先生が無名であっても、あの本は今と同じように売れたって考えていいんですか」

「まあ読者へのアピールという点で、出足は今と同じというわけにはいかないかもしれないけど、うん、間違いなく売れる」

工藤の言葉は、流実子に自信を持たせた。自分にもできる。きっとできる。もし書くチャンスさえあれば、瑛子が今、工藤や読者から得ている喝采《かっさい》を自分も手にすることができるのだ。

その時、ドアが開いて瑛子が飛び込んで来た。

「ごめんなさい、遅れてしまって」

瑛子が軽やかな声で言う。工藤がソファから立ち上がり、迎える。

「僕との約束なんか、忘れられてしまったかと思いましたよ」

「いやだわ、そんなことあるわけないじゃないですか」

瑛子の笑い声が、まるで花びらが舞うようにオフィスの中に広がる。そこにいるだけで華やぎを持つ人、というのがいる。瑛子がまさにそうだ。それは持って生まれたものだろう。瑛子は生まれながらに、幸運と幸福を背中の羽にして軽やかに飛んでいる。

自分は、と流実子は考える。自分にはたぶんない。けれど、それはもしかしたら埋もれているだけかもしれない。自分も知らない自分が、どこかに隠れていて、その出番を待っているのかもしれない。

ソファでふたりの会話が始まった。流実子は頭を下げ、自分のデスクに戻った。


それから半月ばかりが過ぎた。

瑛子の本は、女性誌やテレビで取り上げられたこともあって、好調に売り上げを伸ばしていた。二冊目の話がどうなっているのか、流実子には今のところわからない。本業の弁護士としての仕事も忙しく、やはりすぐにというわけにはいかないのだろう。

今日は午後にふたりの依頼人がやって来た。ひとりは四十代半ばの女性で、よくある離婚の相談だった。もうひとりは五十歳を少し過ぎた銀座のクラブのママで、パトロンと別れ話が出ているがどう有利にすすめられるか、ということだった。

それぞれに美しく着飾り、言葉つきもたおやかだったが、内容はつきつめればお金しかなかった。

「後の銀座のママの方は引き受けるつもりだけど、最初の依頼人はどうしようかしら」

瑛子が路江に言った。

「そうねえ、慰謝料を取れても大した金額にはならないみたいだわね」

「やめた方がいい？」

「その方がいいんじゃない。とりあえず適当な弁護士を探して紹介するわ。先方には私から連絡しておくから」

「じゃあお願いするわ。それから、この間の依頼人のことだけど」

「この間って？」

「ほら、取引先の女の子に手を出して、子供まで産ませちゃったあの件よ」

「ああ、あれね、今、興信所を使って詳しい調査をさせてるわ。愛人のマンションに入る写真でも手に入れられたら、夫側の態度も変わるんじゃないかしら。夫はかなりの資産家だから慰謝料は期待できると思うわ」

「じゃあ、それも任せるわね」

瑛子と路江の連係プレーは大したものだと、流実子はつくづく思う。瑛子は正論で相手を追い詰め、路江は法律ぎりぎりのやり方でねじ伏せる。この事務所で手がければ、どんな面倒な離婚問題も解決するというのもわかる気がした。

「それより、どうするの、工藤さんの話」

「ああ、二冊目のエッセイね。どうしようかしら」

「やんなさいよ、それが売れれば印税は入るし、この事務所の宣伝にはなるし、一挙両得じゃない」

「でも、時間がね」

ふと、額の辺りに瑛子の視線を感じた。また私に書かせるつもりだろうか。顔を上げれば、目が合う。そうなりたくなくて、流実子は聞こえなかったかのように、デスクに視線を落としたままでいた。

「だったら、また、流実子ちゃんに力を貸してもらえばいいじゃない」

路江が言った。そのこともなげな言い方に、思わず「えっ」と思った。路江が椅子を回して、流実子に身体を向けた。

「いいわよね、流実子ちゃん。先生に協力してくれるわよね。先生の本がたくさん売れれば、流実子ちゃんだって嬉《うれ》しいと思ってくれるでしょう。岸田事務所で働いているんだもの、当然よね」

たたみかけるような言い方は、流実子に有無を言わせぬ強引さだ。圧倒されるのと腹立たしさが混ざり合って、思わず顔に出そうになった。

何て勝手な言い分なのだろう。協力なんてものじゃない。あれは盗《と》ったも同じだ。私に一言もなく。本が出てからも知らん顔を続けて。たった一枚のエルメスのスカーフでごまかして。その上、二冊目まで私に書かせようというのか。

「ね、流実子ちゃん、お願いね」

しかし、強引な路江の言葉に、流実子は頷《うなず》くしかなかった。

「はい……」

瑛子の表情が明るくなる。ホッとしたのだろう。路江も満足そうだ。

その表情を見ながら、ふたりはいったい私をどう思っているのだろうと流実子は考えた。もしかしたら、何も気づかず、何も感ぜず、怒りもせず、ただ人の好い社員でしかないと思っているのだろうか。

けれど、それはもう仕方のないことだ。あの本のことは諦《あきら》めるしかない。今さら何を言ったって、瑛子の名前で出てしまった以上、もうどうすることもできない。でも、二冊目はいやだ。絶対にいやだ。黙って言うことをきくわけにはいかない。

それから三日後、四時少し前になってドアの外で路江の声が聞こえた。

顔を向けると、曇りガラスの向こうにふたつの影が見えた。

「困るんですよ、そういうのは。事前にアポイントメントを取っていただいて、それからいらしてください」

「すみません。急にお訪ねしたのはいけなかったと思います。でも、お願いします。ほんの短い時間でいいんです。お話を聞いていただいて、アドバイスが欲しいんです」

女の声が聞こえる。

時折、こんな客がやって来る。弁護士に相談するということを、友人にする相談の延長に考えている。瑛子がテレビや雑誌に相談相手として顔を出しているということもあってか、アポも取らず相談料がいくらかも知らずにやって来る。

もちろん、そんな相手に対しても、露骨にイヤな顔をしてはいけない。瑛子のイメージが損なわれることがあっては困るからだ。

「とにかく今日はお引き取りいただけますか。先生はスケジュールがいっぱいですから、まず電話でアポイントメントをお取りになって、それからお越しください。お電話の時に、相談料のことなどもご説明いたしますので」

「どうしても今日は駄目ですか」

「ええ、申し訳ないですけど」

女は泣き始めた。

「お願いします。私、先生のことはいつもテレビや雑誌で拝見しています。この間、書かれたエッセイも読ませていただきました。もう先生しか相談できる人がいないんです。だから、だから……」

ドアが開いて、路江が入って来た。すぐに流実子のデスクに近づき、耳打ちした。

「悪いけど、何とか追い返して。迷惑だったらありゃしない」

こういう役も引き受けなければならないのが流実子の仕事のひとつである。流実子は椅子《いす》から立ち上がり、ドアに向かった。瑛子はいつも、キャビネットで仕切られた向こう側にいて、ドアからは姿は見えない。いつものように不在ということにして、帰ってもらうしかない。

「あの、失礼ですが」

声をかけた。女は立ったまま顔を覆《おお》い、涙を拭《ぬぐ》っていた。オーソドックスなベージュのニットスーツ。いかにもOLといった風情《ふぜい》だ。年は同じくらいだろうか。もう十分に大人といっていい年齢なのに、こんな所で泣くなんて、子供と同じではないか。きっといつも泣けば何とかなるというような日常を送っているのだろう。

「申し訳ありませんが、本日、先生は外出しておりますので、お引き取り願えますでしょうか。よろしければアポの方は、今、お伺いしておきますけれど」

「そうですか、いらっしゃらないんですか……わかりました。帰ります。突然押し掛けたりしてすみませんでした」

と、彼女はか細い声で言い、その時、ふたりは初めて顔を合わせた。

「えっ」

と思った。それは彼女の方も同じだった。

「侑里じゃない」

侑里が濡《ぬ》れた頬のまま、流実子を見つめ返した。

「どうして流実子が」

「私、ここに勤めているの。侑里こそ、いったいどうして」

侑里はゆっくりと目を伏せた。

「いやだわ、私……」

「何があったの？」

「どうしても岸田先生に相談に乗ってもらいたいの。お願い、流実子。先生に会わせて。一刻も早く」

侑里はすがる目をした。流実子は困惑していた。ついこの間、良子からの電話で侑里が結婚するということを聞いたばかりだ。その侑里がこんなにも切羽詰まった状況でいるなんて、いったい何があったというのだろう。

開け放したドアからオフィスの中を振り返ると、もう事態を察したらしく路江がこちらに視線を向けている。もちろん、あくまで事務的な目だ。たとえ友達であってもちゃんとうまくあしらいなさい、と無言の注意を促して来る。

流実子は自分の身体の位置を変え、後ろ手でドアを閉めた。

「ごめん、侑里。本当に駄目なの。先生は前もってアポを取っている人としか会わないの。そういうことになってるの」

侑里は落胆の表情を濃くし、肩を落とした。

「そう……」

「アポを取っておくわ。一週間ぐらいの間には何とか会えるようにしてあげるから。だから、今日のところは、ね」

その時、ドアが開いて瑛子が姿を現した。

「いいわよ」

瑛子はあっさりと言った。突然の瑛子の出現に、侑里は頬を紅潮させ、顔を輝かせた。

「先生、本当ですか」

「流実子ちゃんのお友達なんでしょう。だったら放っておけないわ。さあ、中に入りなさい。その相談とやらを聞かせていただくから」

意外だった。瑛子のような合理的な人が、流実子の友達だというぐらいで、スケジュール外のことをするなんてことがあるだろうか。もしかしたら、原稿のことを頭に入れてのことかもしれない、ということはすぐに感じた。

侑里は丁寧に頭を下げた。

「ありがとうございます。よろしくお願いします」

デスクに座っている路江が、やれやれといった感じで首をすくめている。けれど、それ以上は何も言いはしなかった。流実子は侑里をソファへといざなった。

「よかったわね。こんなことめったにないのよ」

「ええ」

小声で言う流実子に頷きながら、緊張した面持ちで、侑里は瑛子の向かい側に腰を下ろした。瑛子はいつものプロらしい、相手に安心感を与える笑みを、すでに顔いっぱいに浮かべている。この笑顔を見ただけで、依頼人のほとんどはここに来たことが間違いではなかったと確信する。

「それで、相談っていうのは何かしら」

瑛子が尋ねると、侑里は膝の上でぎゅっと手を握り締めた。ニットのスカートが少しシワになった。

「実は私、二ヵ月前に婚約したんです」

「そう、それはおめでとう」

「式はひと月後です」

「それで?」

少しのためらいの後、侑里は言った。

「婚約を破棄したいんです。でも、相手も周りもどうしても応じてくれないんです」

❇

岸田瑛子は思った通りの女性だった。

美しく聡明《そうめい》で温かかった。何があっても動じることがないように見える鷹揚《おうよう》な笑顔に接した時、侑里はもうこれで大丈夫、という気になった。

事情を話す時、やはりどうしても興奮してしまい、順序だてることができなくなった。話が前後したり、言葉に詰まったりもした。それでも瑛子は不快な顔ひとつせず、穏やかな口調で頷き、時々尋ねた。

「待って、そこをもう少し詳しく話してくださるかしら」

このひと月の間に起きたさまざまなことを、侑里は言葉にした。

真綿にくるまれるような穏やかな毎日を大きく変えた透との再会。自分自身に驚きながらも、止めることのできない感情。小さい時から臆病《おくびょう》で、枠からはずれる生き方などできるはずがないと思っていた。いつも誰かに守られ、そうあることが当然のことのように考えていた。それが今、すべてを捨ててまで得たいものがある。

トラブルは覚悟の上だった。直紀に対する裏切り、両親に与える失望、会社への影響、そのことは十分に承知していたつもりだった。けれども、それは侑里の予想をはるかに超えていた。

最初に母にそれとなく伝えた。

「お母さん、もし私が結婚やめたいって言ったらどうする?」

母はリビングのソファに腰を下ろし、侑里たちが新婚旅行に出掛けることになっているタヒチのパンフレットを見ていた。顔を上げると、一瞬、侑里の顔を見つめ、それからこともなげに笑った。

「私もね、お父さんと結婚する前、そんな気持ちになったわ」

そう言って、再びパンフレットに目を落とした。

「そういう時はね、ウェディングドレスのことを考えなさい。侑里、どうしてもあれじゃなきゃいやだって決めたでしょう。ティアラをつけて、マーガレットのブーケを持って、ベールを長く引くんでしょう。きっと、お友達がみんなため息をつくわよ、すごく綺麗《きれい》だって」

言葉が出なかった。

「そういうことは結婚前に誰でも一度は思うの。自分の人生がこれで決まってしまうんだって、不安になるのは当然なのよ。もしかしたら別の人生があるんじゃないかなんて考えてるの？　でも、そんなものはないのよ。人生なんて、どんな生き方を選んでも大した違いはないの。いずれは誰かと結婚して、子供を産んで、家族ってものができていくの。相手が誰であっても、結局、形はひとつしかないのよ。だとしたら相手は選ばなくちゃ。あなたはいい相手を選んだわ。直紀さんは夫としても父親としても最高よ。何にも迷うことなんてないわ。お母さんが保証してあげる」

侑里は唇を結んだ。

「だから余計なことを考えるのはおよしなさい。お母さんが今まで、あなたに間違ったことを勧めたことはないでしょう」

「でも、結婚するのは私よ。お母さんじゃないわ」

母はふっと、ページをめくる指を止めた。

「そうそう、盛岡のおばさんがね、お祝い金五万円も奮発してくれたの。ちゃんとお礼状、書いておくのよ」

侑里は絶望的な気分でソファから立ち上がった。

「寝るわ」

「ええ、そうしなさい」

廊下に出るドアを開くと、背後で母が言った。

「幸せっていうのはね、祝福の数がどれだけ多いかってことなのよ。それを忘れないで」

侑里は黙ったまま、自分の部屋に戻った。

透とは毎日のように会うようになっていた。

会社が終わるとアパートに向かう。会うたび、必ず抱き合った。そして、もう離れられないと思うのだった。言葉より身体で語り合うことの方がずっと確かだった。透が愛《いと》しくてたまらなかった。

その気持ちはもう変わらない、確固たるものだと信じていながら、家に戻り、ひとりになるとぐらぐら揺れるのだった。

本当にこれでいいのだろうか。自分がしようとしていることがどれほどの人を傷つけ、迷惑をかけ、自分自身を追い詰めるか。いけない、と何度呟《つぶや》いただろう。でも、もう遅い。何もいらない。祝福も、喝采も、レースに飾られたドレスも。欲しいのは透だけだ。

透は就職先を見つけて来た。今までのように、お金がなくなったら適当にバイトをしてしのぐ、というわけにはいかないことを、彼も自覚しているのだった。

けれど、それが運送屋と聞いた時はさすがに驚いた。

「透にできるの、そんなこと」

力仕事などとは縁がないような生活をして来たはずだ。

「やろうと思えばやれるさ。今までの俺とは違うんだ。結構いい給料だからさ、侑里の面倒ぐらいはみられるよ」

「私のことなんて」

と、もう侑里は涙ぐんでしまう。似たようなことを直紀にも言われた。けれど、それはまったく質の違うものに感じられた。

「それで、相手とはうまく話がつきそうか」

「ええ、大丈夫」

「俺も会いに行くよ。行って、ちゃんと話をつけるから」

「ううん、私ひとりで大丈夫。あの人は冷静な人だから、きっとわかってくれるわ。両親だって結局は私の幸せになることだもの、賛成してくれるに決まってる」

自信とは程遠い気持ちで侑里は答える。

もう時間はない。式までひと月あまりだ。やはり両親に先に話すべきだろう。けれども、母の様子を見ていると、とても口に出すことができなかった。目の前で泣かれたら、負けてしまうかもしれない。それが恐かった。

今まで、何でも母の言う通りにして来た。それで間違ったことはなかった。そんな母を初めて裏切る。やはり直紀に先に話そう。彼の驚きと怒りは想像がつく。それは当然のことだし、その報いはどんなことでも受けるつもりだ。けれども、愛情をなくした関係を無理強いするような人ではないはずだ。

「幸せにするよ」

透が侑里を引き寄せる。

「ええ」

「誓うよ」

侑里は身体《からだ》を預ける。

もう、後には退《ひ》けない。もう、戻れない。


「それで、婚約者の方は何て？」

「破棄は絶対に認めないと言ってます」

侑里が答えると、瑛子は息をひとつ吐き出した。

「まあ、そうでしょうね。おふたりの結婚のことは会社の誰もが知っていることだし、仲人《なこうど》は部長さんなのでしょう。破棄するとなれば、相当のダメージを受けることになるものね。それはあなたも同じよ。それでも破棄したいのね」

「はい」

侑里は小さいが、はっきりとした声で答えた。

「婚約破棄は、離婚のように難しいものではないわ。イヤというものを、無理に婚姻関係に持ち込むことはできないの。結局は慰謝料の問題になるだけ。ただ、このままでは破棄の理由はほぼ百パーセントあなたが悪いということになってしまうわ。他に理由はないのかしら。たとえば、婚約者に他に女性がいたとか、極度のマザコンだとか」

「彼に落ち度は何もないんです。すべて私が悪いんです」

「そうなの、それじゃ話は簡単ね。相手が要求する慰謝料を払うの。その他、損害賠償もあるわ。結婚式の費用のこととか、新婚旅行のこととか、その違約金みたいなものも払える？　その覚悟はついてるの？」

「はい、お金はどんなことをしても払います。一生働いてもそうします。でも、彼はそんなことはどうでもいい、ただ絶対に破棄は許さないって言ってるんです」

　侑里はあの時の直紀の表情を思い出し、身体を硬くした。


「気でも狂ったのか」

　直紀は頬を細かく痙攣《けいれん》させて叫んだ。

「ごめんなさい。悪いのはみんな私なの」

　侑里はただ俯《うつむ》いていた。どんな罵声《ばせい》も受けるのは覚悟していた。

　ふたりで食事をした帰りだった。今日こそはきちんと話さなければと、決心して出掛けて来た。食事はほとんど喉《のど》を通らなかった。直紀も侑里の態度に何かを感じていて、ふたりとも黙ったままナイフとフォークを動かした。レストランを出て、駐車場に向かって歩きながら、侑里は初めて言葉にした。

「話があるの」

「ああ」

直紀が答える。けれど、それがまさか婚約破棄の申し出などとは、想像もしていなかっただろう。

車は埠頭《ふとう》へと向かっていた。その間、何も言葉を交わさなかった。何をどう話そうか、ずっと考えて来た。どうすることが、直紀を傷つけずに済むか。けれど、そんなことができるはずはなかった。相手を傷つけたくないというのは、結局、自分が責められたくないという気持ちの裏返しだ。

三十分ほど走り、車は止まった。目の前には暗い海が広がっていた。少し窓を開けると、潮の匂《にお》いが流れ込んで来た。所々に、侑里たちと同じように車が止まっていた。車という狭い空間の中で、カップルたちがそれぞれの恋を確かめ合っているのだろう。

「話、聞くよ」

直紀が言った。侑里は息を止めた。そしてゆっくりと、吐き出した。

「婚約を解消したいの」

直紀の身体がこちらに向くのが感じられた。侑里は頭を深く下げた。

「ごめんなさい。私の身勝手だってことはわかってる。でも、どうしてもやめたいの」

「理由を聞かせてくれ」

直紀の声は震えていた。興奮と怒りを、彼の冷静さが必死に押し止めているのだった。

「あなたと結婚する自信がないの」

透のことは口が裂けても言えない。

「今になって何を言ってるんだ。自信なんて誰にもないよ。結婚なんて、みんな最初はそういうところから始まるんだ。そうだろう。僕だっていきなり完璧《かんぺき》な結婚を望んでるわけじゃない。ふたりで、自分たちにふさわしい結婚ってものを作っていきたいと思ってるんだ」

「ええ」

「だったら」

「でも、やめたいの」

直紀は言葉に詰まった。侑里の頑《かたく》ななまでの決心の裏に潜んでいる何かを捕えようとしていた。

「本当の理由は何なんだ」

「……」

「僕には聞く権利があるはずだ」

「だから、自信がないの」

「いい加減にしろ。そんなバカげた理由でやめられると思ってるのか。もう式まで一ヵ月しかないんだぞ。招待状も送った。仲人は部長なんだ。今さら、そんな身勝手は通用しないんだよ」

直紀は声を荒げた。初めて聞く直紀の怒声だった。侑里は黙っている。それしか方法がなかった。けれどそんな侑里の態度は、ますます直紀の怒りを増幅させることになってしまった。

「男か」

「……」

「男なんだな」

「……」

「君に男がいるなんて考えてもみなかったよ」

「いるなんて、言ってないわ」

「じゃあいったい何なんだ。他にどんな理由があるって言うんだ」

「……」

「わかった、いい、僕は許す。今すぐその男と別れるなら、すべて忘れる」

侑里は俯いたまま首を横に振った。

「許してもらわなくていいの」

「何だって」

「私を許さないで、婚約を破棄してくれればそれでいいの」

直紀が悲愴《ひそう》な声を出した。

「君は何て女なんだ。自分がよければそれでいいのか。僕の立場はどうなるんだ」

「償いは何でもします」

「償いなんかいらない。結婚は予定通りだ。それしかない」

「できないわ」

「僕の人生をメチャクチャにしないでくれ！」

直紀はハンドルに顔を押しつけた。クラクションが鳴っている。それにも気がつかない。暗い海の上を、無機質な機械音が流れてゆく。

やがてゆっくりと直紀は顔をあげた。

「どういう相手だか知らないけど、わかった、いいよ、その男と続けろよ。別れることを無理強いしない。僕はそのことで何も言わない。だから、結婚は予定通りだ」

侑里は頬を強張《こわば》らせた。

「信じられない、そんなにまでして、あなたは自分の立場を守りたいの。結婚はふたりの気持ちの問題でしょう」

直紀の声は冷たく硬い。

「君にそんなことを言われたくない。みんな君のせいじゃないか。僕がいったい何をした。僕を責める資格があるのか」

侑里は口を噤《つぐ》む。直紀の怒りはもっともだった。

「いいか、結婚は予定通りだ。婚約は解消しない。そんなこと、絶対に許さない」

瑛子は頷《うなず》いた。

「そう、彼はそう言ったの。でもね、これは許すとか許さないとかの問題じゃないの。あなたに新しい男がいても、別に犯罪というわけじゃないんだから、破棄はしても構わないの。要するに、それ相応の金額で決着がつきさえすればいいってことなの」

「お金なら、何としても用意します。でも、何をどう言っても取り合ってもらえないんです」

「ご両親には？」

「昨夜、話しました」

「それで何て？」

侑里は唇を噛《か》んだ。直紀に申し訳ない気持ちはある。けれどそれ以上に、両親に対するそれの方が強かった。直紀には言えなかったが、両親には透のことを話した。「その人とどうしても結婚したい」と言うと、父は絶句し、母は泣き叫んだ。

「同じです。絶対に許さないと」

そんなふたりの様子を思い返すと、全身から力が抜けてしまうようだった。

「そう、まあそうでしょうね。それでもあなたの決心は固いのね」

「家を出る覚悟でいます」

瑛子はしばらく黙って宙を見つめていた。どうすべきか、考えているようだった。

侑里は目を伏せた。手の甲に涙が落ちた。手にしていたハンカチで目を押さえた。流実子に見られて恥ずかしいという思いはあったが、こらえきれなかった。自分は弱いと思う。泣いたってどうしようもないことはわかっている。それでも、涙を止めることはできなかった。やがて、瑛子が言った。

「つまり、あなたに必要なのは、彼に婚約破棄を説得することができる人間ってことね」

そういうことになるのだろう。自分がどれだけその気持ちを伝えても、破棄はしない、という状況から少しも前へ進むことができないのだから。

「私が出るほどの件じゃないわね」

その言葉に突き放されたような気がして、侑里は瑛子に顔を向けた。

「違うの、誤解しないで。引き受けないって言ってるわけじゃないの。私が表に出るのは、むしろ、婚約破棄された立場に対してなのよ。その相手からいくら慰謝料を取れるか、そういうことに対して相談にのっていることが多いの。あなたは相手の条件はみんな飲むつもりなのでしょう。それなら、金銭的な交渉は必要ないわ。だから、流実子ちゃん、この件はあなたに任せるわ」

「えっ、私ですか」

急に言われて、流実子が面食らっている。

「もちろん、私がバックアップするけれど」

「そんな、私なんて」

「ここに来てもう三年よ。だいたいのことはわかってるでしょう」

それから瑛子は侑里に顔を向けた。

「心配することはないわ。弁護士と言うのは、何も一から十まで自分で動くわけじゃないの。こうして所員に任せる部分が多いの。だから決して、あなたをないがしろにするつもりじゃないのよ。それに流実子ちゃんにも、そろそろ、そういった仕事をやってもらいたいと思ってたところだったのよ。費用もそれなりに考えさせていただくわ。あなたも慰謝料の支払いでこれから大変になるでしょうから。流実子ちゃんはこれでなかなかやるわよ、だから心配しないで」

「はい……」

「でも、先生、私はとても」

流実子の声を遮るように、デスクに座っていた女性が声をかけた。

「そうよ、やりなさいよ。わからないことがあったら、私も相談にのってあげるから。いつまでも事務だけじゃあなただってつまらないでしょう。ちょうどいい練習台ができたじゃない。あら、ごめんなさい、こんな言い方して」

流実子が困惑した顔を向けている。

侑里自身も戸惑っていた。瑛子になら信頼して任せられる。けれど流実子だなんて心《こころ》許《もと》ない。ましてや、流実子は同級生であり、自分のそういった恥ずかしい部分を見られたくないという気もあった。断ってくれたら、と半分くらい思った。

「わかりました」

流実子が答えた。そして、侑里へと身体を向けた。

「侑里、私、一生懸命やるわ。少しでも侑里の力になれるように頑張る。頼りなく思うかもしれないけど、ちゃんと後ろ盾に先生や安井さんもいるし心配はないと思うの。だから任せて。この婚約、きっとうまく破棄するから」

そうまで言われたら、頷くしかなかった。

❄

流実子が最初にしたのは、直紀に連絡を取ることだった。

その日、侑里には会社を休んでもらった。流実子が連絡したことで、直紀が直接、侑里に詰め寄るようなことになっては困るからだ。

会社の方に電話をし「岸田法律事務所の者です」と告げると、怪訝《けげん》な声が返って来た。

「何のご用ですか」

「椎野《しいの》侑里さんとの婚約解消についてのご相談をさせていただきたくて、お電話いたしました」

流実子は淡々とした口調で言った。こういう時、相手にいくらかの威圧感を与えるために感情のない声が有効だということは、路江から聞いていた。

しばらく直紀からの返事はなかった。

「もしもし」

「ええ」

「お会いできますか」

「あなたには関係ないことでしょう」

「椎野さんから、正式に依頼を受けております」

「僕は解消する気はない。そのことは彼女にも伝えてある」

「そうですか、それでしたら、ご家族か仲人の部長さんの所に直接ご相談させていただくことになりますが、それでもよろしいでしょうか」

「え……」

直紀が言葉に詰まった。

「わたくしどもはそれでも構いませんが、おたくさまの方の都合が悪いのではないかと思うのですが、いかがでしょう。破棄するにしても、もっともらしい理由があるとないとでは、世間体ってものもずいぶん違ってまいります。できましたら、そういったことを先にご相談したいと思っているのですが」

直紀は黙った。受話器の向こうで混乱している様子が窺《うかが》える。今の直紀にとって、大切なのは自分の立場だ。破棄なんて許さない。けれどももし破棄ということになれば、どういう形を取ることがいちばんダメージが少ないか、それを考えているに違いない。

やがて直紀は低い声で答えた。

「八時頃になりますが」

「構いません」

直紀は待ち合わせの喫茶店の名前を言った。

その約束の時間、流実子はいくらか緊張して直紀を待っていた。事務所の中ではたくさんの離婚やトラブルを見て来たが、いつも他人ごとだった。書類上の事務的な処理はやっても、こうして実際にかかわるのは初めてだ。

服にもかなり気を遣ってきた。濃紺のパンツスーツに、襟元には瑛子からプレゼントされたエルメスのスカーフ、黒のパンプス、頑丈そうな書類ケース。シャドウやチークは色を控えめにして、アイラインをきつめに、口紅はダークな色を選んで来た。イヤリングはパール。指輪はしない。まだ二十五歳であるということで、甘く見られたり馬鹿《ばか》にされたら負けだ。約束よりも早めに出向き、背筋を伸ばして待った。

八時を五分ほど過ぎた頃、直紀が姿を現した。どんな風貌《ふうぼう》かは、侑里から聞いていたが、それを聞かなくてもすぐにわかった。怒りのような落胆のような、それでいて虚勢を張っているような、そんな表情が張りついていた。

流実子は席から立ち上がった。直紀が顔を向ける。一瞬、複雑な表情をした。やはり流実子が若いということに驚いたのだろう。頭を下げると、直紀は近付いて来た。

「ご足労をおかけして申し訳ありません。岸田法律事務所の内島流実子と申します」

名刺を出しながら、改めて挨拶《あいさつ》をすると「どうも」と、言葉少なに言って、直紀はソファに腰を下ろした。

ウェイトレスに注文したコーヒーが出て来るまで、ふたりは何も話さなかった。流実子もやはり緊張していて、用意して来た言葉がなかなか口から出なかった。直紀がカップを口にするのがきっかけになった。

「先に申し上げておきますが、私は弁護士ではありません。岸田法律事務所の所員です。もし、そのことにご不満がおありでしたら、改めて岸田をよこすようにいたします」

直紀は上目遣いで流実子を見ると、むしろ、いくらかホッとしたように答えた。

「そうですか。会った時、ずいぶん若くて驚いたんですけど、いいです、あなたで。その方が僕も気が楽だから」

「よろしくお願いします」

流実子はもう一度頭を下げた。

「それで、椎野さんの方は破棄の条件はすべて飲むと言ってます。ですので、それをお聞かせいただきたく伺いました」

「破棄はしません」

直紀はきっぱりと答えた。その予想はついていた。今さら狼狽《うろた》えることはない。流実子は落ち着いた口調で言った。

「吉村さん、これはするとかしないとかの問題ではないんです。婚約の場合、結婚とはまた違います。一方に結婚する意志がなくなったら、破棄するしかないんです。後はすべて条件の問題になってくるんです」

「そんな身勝手が通用するんですか」

「身勝手ではありません。これは一種の権利です」

「約束を勝手に破るのも権利だと」

「道義的な問題ではあるでしょう。でも、犯罪ではありません。ですから、その道義的な部分を謝罪するために、条件を言って欲しいんです」

「破棄はしない、それだけです」

流実子はひとつため息をつく。

「吉村さん、私がこんなことを言うのは差し出がましいかもしれませんが、結婚したくないと言っている女性と無理に結婚しても、先は見えているじゃないですか。そんな結婚は不幸でしょう。わかりきってることを、敢《あ》えてする必要がどこにあるんですか」

「僕は悪くない。僕がいったい何をしたって言うんだ」

直紀が呟く。こういう時、心情的なものに対応し始めると、話はますますこじれてとまらなくなる、という路江のアドバイスを思い出し、流実子は冷静に話を現実に戻した。

「わかっています。椎野さんも自分の非を全面的に認めています。ですから、条件をおっしゃってください」

流実子は隣の席に置いてあった書類ケースを開いて、中からデータをプリントした用紙を取り出した。

「わたくしの方でも色々と判例を調べて来ました。慰謝料と損害賠償ということで、今回の件に関しまして妥当な線といいますと……」

ふと、直紀のズボンの膝《ひざ》を押さえる手が細かく震えているのが目についた。顔をあげると、直紀は俯いて、じっとリノリウムの床を見つめている。その肩も同じように震えていた。流実子は言葉を途切らせた。直紀は泣いているのだった。

男の泣く姿を流実子は初めて見た。どう声をかけていいかわからなかった。困ったな、と思いながら、内心では少し感動していた。男ってこんなふうに泣くんだ、と思った。

やがて直紀は手の甲でごしごしとこするように涙を拭《ぬぐ》った。

「すいません」

「いえ」

「何だか、とことん自分が情けなくなって」

「そんなことはありません」

「婚約は破棄します」

「え」

「慰謝料も損害賠償もいりません」

「いえ、でも、それは」

「そんなもの貰《もら》ったら、もっとみっともなくなりますから」

「そうおっしゃってくださるのは、こちらとしては大変有りがたいのですが、こういうことはお金で解決した方がいいと思うんです。その方が、結局は両方ともにすっきりできます。慰謝料は別としても、破棄によってかかる費用については、椎野さんの方に負担してもらうということでいかがでしょうか」

直紀は力なく頷いた。

「そうですか。僕はもうどちらでも構いません。そのことは任せます」

「わかりました。仲人の部長さんへの報告ですが、わたくしの方からいたしますか?」

「いいえ、後は全部僕がやりますから、あなたはもう手をひいてください。ただ、ひとつだけ条件があるんです」

「はい」

「彼女にすぐ会社を辞めてもらいたいんです」

流実子は頷いた。

「そうですか。わかりました。そのことは伝えておきます」

「これで、話はついたということですね」

「まあ、そういうことになります」

「じゃあ、僕はこれで」

直紀は伝票に手をかけた。

「いえ、これは私が」

慌《あわ》てて流実子がそれを押さえる。冷たい直紀の手の感触があった。

「そうですか」

直紀が席を立つ。流実子も立ち上がった。

「今日はありがとうございました」

「彼女はきっと……」

「はい」

「彼女はきっと、なかなか破棄に応じなかった僕のことを、世間体や会社での立場ばかり気にしていると思ったかもしれません。でも、それは違います」

直紀はひどく孤独な目をしていた。

「本当に彼女を愛してたんです」

そしてかすかに頭を下げ、店を出て行った。

「ありがとう。流実子には本当に迷惑をかけてしまって」

結果を報告すると、侑里はホッとしたように肩の力を抜いた。

「いいのよ、私こそいい勉強させてもらったわ。それで、会社を辞めて欲しいってことだけど、それでいいの」

　オフィスに近い喫茶店だった。窓から差し込む日差しが、侑里の頬に柔らかく注がれている。

「もちろん辞めるわ。いられるわけないもの」

「そう。でも大変なのはこれからね。たぶん家の中でもうひと波乱あるわ。あちらのご両親もきっとものすごく怒るだろうし。式場のキャンセルから、旅行のこと、買ってしまった家具や電化製品とかの処分もあるし。招待客にはどう説明するかとか」

「覚悟してるわ」

「そこまでしても、今の彼と結婚したいの？」

「ええ。彼とのことは運命だと思ってる」

　流実子は改めて侑里を見た。気恥ずかしくなってしまうような言葉を真剣に口にする侑里が、何だかひどく危うく見えた。

「まあ、頑張って、と言うしかないわね」

「ありがとう、私、きっと幸せになるわ」

　侑里がバッグを手元に引き寄せた。

「ごめんなさい。今日はこれで帰らせてもらっていいかしら。彼に正式に破棄になったこと、早く報《しら》せたいから」

「もちろん」

「それじゃ」

侑里が足早に喫茶店を出ていく。

流実子は直紀を思い出していた。悪い人じゃなかった。あの人と結婚していれば、きっと侑里はそれなりの幸福を手に入れられただろう。侑里にはそんな選択が似合いだと思っていた。でも、今のすべてと引き替えにしてまで彼を選んだ。婚約者も両親も仕事も信用も捨ててまで。そんな侑里をどこかで羨《うらや》ましく感じ、そして同時に、馬鹿だと思った。

❄

「これで完全に侑里は俺のものなんだな。これで俺たち一緒になれるんだな」

そう言ってはしゃぎながら侑里を抱き締める透に、ひたすら愛《いと》しい思いが募った。しなければならないことは、まだ山のようにある。流実子の言った通り、大変なのはこれからだろう。けれど自分にはできる。いや、絶対にしなければならない。その先に、愛しい透との生活が待っていてくれるのだと思えば、そんなことは少しも苦にならなかった。

今まで、いつも誰かに助けられて来た。両親に頼り、恋人に甘え、友人に助けられ、ぬくぬくと生きて来た。そのことに何の抵抗もなく、当たり前のことのように思っていた。

けれどもこれからは違う。自分は選んだ。選んで、歩き始めてしまった。たとえ他人から愚かな選択と言われても後悔はしない。してはいけない。

本当を言えば、心のどこかにはまだ拭いきれない不安がある。けれども、その不安をそれ以上探りたくなかった。今はただ、愛しい透だけを見つめていたかった。

「直紀さんも破棄に応じてくれました」

そのことを改めて両親に告げると、母は泣いた。

あなたをそんな子に育てた覚えはない。世間に顔向けができない。

母の嘆きはとめどなく続く。

そんな母の姿を侑里はぼんやりと眺めた。これといった反抗期はなかった。ぐれたり非行に走ったりして、困らせたり心配させたりすることもなかった。進学や就職はみんな母と相談して決めて来た。友達が母親を毛嫌いするのを見ていて不思議に思った。母とは本当に仲がよかったと思う。けれど今、その母が遠くに見えた。どれほど言葉をつくしても、たぶん今の気持ちのこれっぽっちも母には理解してもらえないだろう。

腕を組み、目をつぶって沈黙していた父がようやく口を開いた。

「わかった、直紀くんが承諾したなら、私たちがこれ以上とやかく言うことはない。この結婚は白紙に戻そう。ただし、おまえが今付き合っている男との結婚は許さない。いいか、絶対に許さない。それとこれとはまったく話は別だ。それだけは言っておくからな」

翌日、両親が指輪と結納金を直紀の家に返しに行った。慰謝料はいらないと言われたようだが、父は結納金と同じ額だけ無理に置いて来たらしい。

新居に入れた家具や電化製品は業者に頼んで処分した。式場にキャンセルを入れ、それにかかる費用はすべて侑里の方で持った。新婚旅行も同じだった。招待客には手紙で連絡をした。名目上、侑里が体調を崩し延期せざるをえなくなった、という理由をつけたが、多くの人がそれで中止になったことを察しただろう。祝ってくれる予定だった高校時代の仲間たちにも、連絡を入れてキャンセルした。そして仲人《なこうど》である部長夫妻へ直紀が報告する時には、侑里は会社を辞めていた。

両親が直紀の家へ詫《わ》びに行った翌日、侑里は丸一日かけて、仕事の引継ぎのノートを作った。それを同僚に渡すと「どうして？」と聞かれた。「結婚してもしばらくは仕事を続けるんでしょう。まだ早いんじゃない？」侑里は曖昧《あいまい》に笑って「準備だけはしておこうと思って」と答えた。「オメデタ？」まさか、と笑って首を振った。その次の日から有給休暇を取った。三日後、退職届けを送った。無責任な終わり方だということはわかっているが、それしか方法が思いつかなかった。

結局、直紀とは一度も直接話さなかった。もう会社を辞めてしまった侑里は、後のことがどうなっているかはわからない。突然の依願退職で、遅かれ早かれ婚約が破棄になったことは社内に知れ渡るだろう。その時のことを考えると胸が痛んだ。

侑里がいなくなった今、きっと誰もが直紀へ興味を向けるに違いない。けれど考えても仕方がない。それも最初からわかって破棄したのだ。今さら悔やむことはできない。そのことによって直紀からどんなに責められても、恨まれても、何をされても、仕方がないと思っていた。

外出は止められていた。一日中、母の目が光っていて、買物にも出してもらえなかった。

透とはずっと会っていない。会いたいと思う。声を聞きたい。抱き締められたい。その思いが強烈に膨らんでゆく。夜、両親の目を盗んでこっそり透に電話を入れた。

「顔をみたい」

透が言う。

「私も」

侑里が答える。

「迎えにいくよ」

「それは、もう少し待って」

「いつまでだ」

「………」

「俺、ちゃんと挨拶する。話もつけるよ」

けれども両親が許すとはとても思えなかった。透が現われた時、どんな事態になるか、想像するのが恐《こわ》かった。

「今はまだそんな状況じゃないの」

「待てというならいつまでも待つさ。けど、本当にそれでいいのか。侑里がいっそうつらい思いをするだけなんじゃないのか。俺、殴られてもいいよ。それくらいの覚悟はできてるから」

その言葉はとても力強く感じられた。しかし、透が顔を出すことで本当にいい方向に向くのか、自信はなかった。結局は、父や母の気持ちをもっと逆撫《さかな》でする結果になるだろう。

そしてそれ以上に、透に対する不安があった。覚悟はできていると言っているが、両親のひどい応対を受けた時、透は果たしてそれを最後まで受けとめることができるだろうか。

「とにかく、もう一度、私から話してみるから」

「うん」

透の緊張した答えが返って来た。

侑里は一日中自室に閉じこもっていた。

両親とは食事で顔を合わせるが、相変わらず父は無言を続け、母はため息ばかりを繰り返している。そんな状態は息が詰まりそうだった。

けれども、話さないわけにはいかない。このままでは先に進めない。ふたりが反対なのはよくわかっている。それでも少しでもわかってもらいたい。どんなに真剣に、自分たちが一緒になりたいと望んでいるかということを。会話のない夕食を終えた時、侑里は息を整えた。

「お父さん、話があるの」

父は眉《まゆ》をひそめ、侑里に目を向けた。

「何だ？」

「彼に会って欲しいの」

母の反応の方が早かった。

「彼ですって。よくそんなことが言えるわね、許さないってお父さんははっきり言ったでしょう」

母がどう言うかは最初からわかっていた。母の感情的な言い方に巻き込まれてしまったら、きっと収拾がつかなくなる。侑里は努めて冷静な声で言った。

「どうしても会って欲しいの」

「会いませんよ、何があったって、お父さんも私も絶対に会いませんからね」

「お願いします」

侑里は頭を下げた。

「あなたは、自分が何をしたかわかってるの。このことで、お父さんと私がどんな情けない思いをしたか。お父さんはね、直紀さんのご両親に土下座したのよ。私たちだけじゃない、周りの人みんなに、あなたは顔向けできないようなことをしたのよ。その責任をどう思ってるの。自分さえよければいいの。残った人がどんなに傷ついても構わないの。あなたには思いやりってものがないの」

母の声は怒りで激しく震えていた。やがて涙をぽろぽろと流し、テーブルに泣き伏した。

母の言う通りだ。すべての原因は自分にある。でも、もう戻れない。誰を悲しませても、透とは離れられない。

「どうしても、その男と一緒になりたいのか」

父が静かな声で言った。

「はい」

侑里は頷《うなず》く。

「だったら、出ていけ」

侑里の身体《からだ》が凍りつく。

「あなた……」

母が驚いたように、涙でぐしゃぐしゃになった顔を上げた。

「その男がどんな男なのか、そんなことはどうでもいい。おまえは筋の通らぬことを無理に通したんだ。私は、自分の娘がそういうことをしたことが許せない。そんなおまえを自分の娘だと思いたくない」

父が立ち上がった。

「一度出たなら、もう二度とこの家には帰って来るな。その覚悟をしておけ」

「侑里、謝りなさい。お父さんにちゃんと謝りなさい。そんなことしないわよね。これ以上、私たちを悲しませるようなこと、しないわよね」

母が狼狽《うろた》えながら言う。返す言葉はなかった。見つからないのではない。それは肯定を意味していた。父はすぐにそれを察したようだった。侑里を一瞥《いちべつ》すると、それ以上は何も言わず、ダイニングから出て行った。

その夜、侑里はボストンに荷物を詰めた。持つのはほんの少しの服と下着だけだ。

今まで、たくさんのものに囲まれていた。お給料はほとんど自分の好きに使い、足りなければ両親にねだればよかった。家にお金を入れたことはなく、いつも母の用意した食事をし、わかしてくれたお風呂《ふろ》に入り、帰りが遅くなった時は駅まで迎えに来てもらった。

この家は侑里にとって完璧《かんぺき》な砦《とりで》のような場所だった。恵まれていたと思う。恵まれていたということを、今まで一度も意識しないで過ごして来たことが、何よりの証拠だった。


明け方まで待って、家を出た。

玄関のドアに手をかけた時、背後から母の声が聞こえたような気がした。けれども、振り向かなかった。振り向いたら足が竦《すく》んでしまう。両親に対して申し訳ないという気持ちは溢《あふ》れるほどある。けれど今、もし思い通りに生きられなかったら、父と母を憎んでしまうかもしれない。

今まで、こんな激しい思いに捉《とら》えられたことはなかった。そのことに驚きながらも、そんな強い感情を持つことの新鮮さを感じた。こんな自分がいて、こんな生き方もあるということ。この決心を無駄にしたくなかった。

侑里は後ろ手でドアを閉めた。町はまだ靄《もや》が立ち籠《こ》めている。侑里は大通りへと急いだ。

電話で連絡した通り、約束の場所に透が待っていてくれた。

透は走り寄る侑里の肩を抱き寄せた。それからアパートに着くまで、ふたりはひと言も話さなかった。

部屋に入ると、透はポケットから無造作に指輪を取り出した。シルバーのシンプルな指輪だった。

「もう、侑里は俺の嫁さんだからな。ふたりで幸せになろうな。それでいつか、お父さんとお母さんに親不孝した分、恩返ししような」

左手の薬指に、それがはめられるのを見ながら、侑里は涙を止めることができなかった。

＊

「あら、もう話がついちゃったの」

路江が気の抜けた声で言った。

「私もちょっと気が抜けちゃいました」

「そうよね、相手はもっとゴネると思ってたのに、それじゃ、あんまり勉強にはならなかったわね」

ソファで煙草《たばこ》をふかし、寛《くつろ》いだ姿勢で足を組んでいた瑛子が、それに答えるように言った。

「男は女の百倍くらい面子《めんつ》を重んじる生きものよ、第三者に自分が相手に執着していると思われることが何よりの屈辱なのよ。ふたりの話し合いでは絶対に認めないと言ってたのが、中に誰か人が入るとすぐ話がつくっていうのはよくあるケースよ。それで、相手は慰謝料はどれくらい請求して来たの？」

「いらないと言われました」

「一円も？」

「はい」

「馬鹿《ばか》な男ね」

瑛子がふっと笑いを洩《も》らす。

「損害賠償もいらないと言ったんですけど、それじゃあんまりなので、すでに支払った分やキャンセルにかかる費用だけは受け取った方がいいと言いました。でも、よくなかったでしょうか。考えたら、私は侑里の方の肩を持たなきゃならない立場なのに、相手にそんなこと言って」

「いいんじゃないの。お金って不思議なものよ、受け取るとそれなりに決着ってものがつくの。離婚にしても、婚約破棄にしても、いろいろ理由はあるにしても、結局は感情的なものがいちばん問題になって来るのよ。自分がどんなに怒っているか、屈辱を感じているか、どんな物差しを持って来ても計れないでしょう。そこに、数字を出すの。すると、わかりやすくなるの。この怒りとか屈辱の値段がどれくらいのものなのかということを考え始めるわけ。それで、百万円より高いはずだとか、一千万ほどでもないとか、そんなところから妥協点が見付かってやりとりをするわけ。私のところに持ち込まれて来るすべての事件を考えてごらんなさい。時間的に長短はあっても、最終的にはお金でしょう。お金で決着のつかなかったことなんてある？　ないわ。むしろ、お金なんかいらない、って大見得切っちゃったりした方が、後々までしつこく付きまとってストーカーになったりするのよ。だから、流実子ちゃんのしたことはそれでいいの、払うものは払う、貰うものは貰う。結局はそれがお互いのためなんだから」

それはかなりあからさまな言葉だったが、瑛子のその形のいい唇から発せられると、少しも不愉快にはならなかった。そういったところが瑛子の魅力であり、武器にもなるところだろうと思う。

瑛子は煙草ケースから二本目を抜き出し、ライターで火をつけた。

「じゃあ、それが片付いたんだから、そろそろ例の方、とりかかってくれないかしら」

すぐにわかった。二冊目のエッセイのことだ。けれど流実子はとぼけた。

「例のことと言うと?」

路江がすぐに後を引き継いだ。

「工藤さんから、催促の電話があったのよ。いつ頃書き上げられるかって。一冊目がすごく売れてるって言うし、その波に乗ってるうちに次を出した方が戦略的にずっといいって工藤さんは言うわけ」

「そうですか」

流実子は感心したように頷く。でも、内心は思っている。売れたのは誰のおかげ?なのに私にはスカーフ一枚。それでまた書けと言うの?

瑛子は流実子が協力するのが当たり前のような顔つきで言った。

「まずはテーマが問題よね。工藤さんは、前みたいな人生論的なものから、今度はもっと絞った内容にしたいと言ってるの。正直言って、私、よくわからないのね。普通の女の子たちがどんなことを考えているかなんて。だいたい私に普通をわかれって言ったって無理でしょう。ねえそれで、流実子ちゃんたちの年代がいちばん興味を持ってることって、なに？」

答えたくないと思う。けれど、黙ったままでいるのも変だ。無難なことを口にした。

「やはり恋愛と結婚のことだと思います」

ふうん、と瑛子は頷いてから、煙草を灰皿に押しつけた。

「ありきたりね」

小馬鹿にしたように瑛子は言った。

「私もそう思います。でも、どう思われても、切っても切り離せないってところがあると思うんです」

「恋愛と結婚ね……」

瑛子はしばらく天井を見つめ、それから言った。

「タイトルは『自分を生かす愛の在り方』なんていうのはどうかしら？」

「あら、それいいんじゃない」

路江が手を打った。

「そう？」

瑛子が満足げにほほ笑む。

「結局はそれを人生の目標にしている女の子が対象でしょう。ストレートでわかりやすいわ。じゃあタイトルはそれに決まりね」

万更でもなさそうに、瑛子が頷く。

それから流実子にとびっきりの笑顔を向けた。

「じゃあ、それに決めるわ。ということだから、流実子ちゃん、よろしくね」

よろしく、と言われても、と反感が膨らむ。

「この間みたいに、だいたいのことは私が書くから、それに適当に色付けしてちょうだい。前は出来上がったのをいっぺんに渡しちゃったけれど、今度はそうね、何枚かまとまったら渡すから。その方が流実子ちゃんもやりやすいでしょう」

その時、電話が鳴り始めた。流実子はデスクに戻り受話器を取った。

「はい、岸田法律事務所でございます」

「あの、こちら女性雑誌Kの記者ですが、岸田先生が出版なさいましたエッセイについての取材をお願いしたいんですが」

「少々お待ちください」

保留にして、路江に声を掛けた。

「先生に、女性誌から取材の申し込みです」

「またなの、最近、この手の取材が多くて参るわ」

言いながら路江がボタンを押して、受話器を取る。今までと打って変わって丁寧な物言いになる。すぐに路江は取材のスケジュールについて打合せを始めた。瑛子はすべて路江に任せてあるので、自分は興味なさそうにデスクに戻って行った。

流実子もまた書類の整理を始めた。今日中に作成しなければならない離婚協議書が二通ある。離婚が決まったものの、その条件を口約束しただけで、届けを出してしまうと、後で「そんな約束をした覚えはない」などと態度が変わり、財産分与、慰謝料、養育費などの請求を突っぱねられてしまうことがある。そのためにも必ず文書を作成しておかなければならない。

こういった書類は、今まで何十枚も作成して来た。いや、何百枚もだ。そしてこれからも作成し続けるのだろう。

好きで始めた仕事だった。面白くも思っていた。けれども、少しずつ違う意識を持ち始めるようになっていた。実際、憧《あこが》れの瑛子も、その右腕の路江も、結局は、人の不幸の上前をはねるようなことをして生きている。この事務所で働く限り、流実子自身も続けて行くことになるのだろう。ふたりの下でコキ使われながら。ずっと下積みのまま。

それを考えると、どんよりとした気持ちになった。

侑里から連絡があったのは、それから半月ほどしてからだった。

結局、侑里は家を出てしまった。あの侑里がよくそんな大胆なことができたものだと、驚くばかりだ。いや、式を目前にして婚約を破棄してしまった時から、もう昔の侑里ではなかったのだろう。

「ぜひ、新居に招待したいの。あんなにお世話になったのに、まだちゃんとお礼もしてないままでしょう。ささやかなんだけど、食事でもどうかなって」

電話の向うで、どこか遠慮がちに侑里が言った。こういった形でスタートした生活だけに、はしゃぎ過ぎてはいけない、などと思っているのかもしれない。

「いいわよ、そんなの気にしないで。大したことはしてないもの。私こそ、初めてで勉強させてもらったわ」

「そんなこと言わずに……」

侑里はどことなく寂しそうに言った。考えてみれば当然かもしれない。好きな男と一緒に暮らせることの幸福はたとえようもないものだろうが、無茶を通しての成就《じょうじゅ》だ。両親との連絡は途絶え、会社の友人たちとも会うことはできない。誰からも祝福を受けない幸福なのだ。

流実子は明るく答えた。

「わかったわ、じゃあお言葉に甘えて、そうさせてもらおうかな」

「ほんと、嬉《うれ》しい。今週の土曜日はどう？　そうね、夕方六時とか」

「いいわ」

「じゃあ、待ってるから」


瑛子から二十枚程度の原稿を渡された。

流実子はすぐに目を通した。そして思った。前よりつまらない。

テーマは恋愛と結婚である。第一章は「本物の男とは？」になっていた。瑛子はこう書いている。


——結局、女性も自分が本物でなければ本物のパートナーなんて見つかりっこないのです。あなたは自分に対して、誇れる生き方をしていますか。何事においても、これくらいでいい、なんて投げやりな気持ちを持っていませんか。もっと自分を磨かなければなりません。下らない雑誌やテレビばかり見ていないで、自分の血や肉になることをするべきです。最近、どんな本を読みましたか？ 環境破壊について何を考えていますか？ 今の政治をどう思っていますか？ そういうことにも興味を抱きなさい。そうすれば、自然に本物の男が現われて来るものです。

瑛子は自分で気がつかないのだろうか。これは完全にお説教だ。よほど鈍感か、瑛子を崇拝している読者なら、喜んで読むだろう。けれど、一般的な女性なら反感を持つ。

だいいち、と思うのだ。本当に瑛子がそれを実行していたなら、とっくに本物のパートナーを見付けているはずだ。

私だったら。

流実子は考えた。私だったら、こうは書かない。

――本物の男は誰しも探しています。人はやはりひとりでは生きていけません。誰かそばにいて欲しい、誰かと一緒に生きていきたい、と考えることは自然です。その誰かが、本物の男であって欲しいという期待はみんな胸に抱いているのです。けれど、本物の男とはどういう男性を言うのでしょう。優しくて、包容力があって、頭がよくて、会話が面白くて、仕事ができて、経済力もあって、健康である。でも、そんな男性がどこにいるのでしょう。正直言って、私は見たことがありません。それはきっと、私自身がそれに応《こた》えられるような女性ではないということもあるでしょう。でも、思うのです。最初から完璧な男性を求めるなんて、とてもつまらないことだと。足りないものだらけのふたりが出会う。そして、反発しながら、傷つきながら、時には励まし合いながら、少しずつ少しずつ本物になっていくんだと思います。最初から完璧なんて望まないことです。

そこまでワープロで打って、流実子は指を止めた。この原稿を渡せば、結局はまた、瑛子が書いたということになってしまう。

何のために？

流実子は息を吐き出した。渡したくない。これは私が書いたものだ。瑛子じゃない。

翌日、出来上がった原稿を瑛子に渡した。

デスクに戻って仕事をしていると、しばらくして瑛子から呼ばれた。流実子は席を立った。

「これだけど」

瑛子は机の上に置いた原稿を、美しくマニキュアが塗ってある指先で差した。

「はい、何か」

「全然直しが入ってないけど、どうしてかしら。前の原稿の時は、ずいぶん私の口調を変えたでしょう。確かに私は断定的になったり、高飛車に書いてしまうところがあるわ。それは自分でもわかってるつもりよ。今回も、そういうところを直してくれると思ったから、そのままで渡したんだけど」

「最初は変えてみたんです」

流実子は神妙な顔つきで言った。

「ええ」

「でも、どうもしっくり来ないんです」

「どういうこと?」

「いろいろ考えました。考えて、思ったんです。私たちの年代って、これで結構、叱《しか》って欲しいってところがあるんです。物分かりのいい大人たちはたくさんいます。でも、誰もきちんと叱ってくれないんです。前のエッセイは等身大ってところがよかったって工藤さんはおっしゃってましたけど、二冊目も同じようなものだったら、読者は厭《あ》きると思うんです。今度は先生からピシリと喝を入れられるような、そんなエッセイを私自身が読みたいって思ったんです。それで、あまり手を加えることはしませんでした。私が手を加えれば、それだけつまらなくなってしまうような気がして」

瑛子は頷きながら、椅子《いす》を左右にゆっくりと動かした。何かを考えているような、迷っているような表情だった。もし今、瑛子が「それは違うわ」と言って、書き直させられることがあれば、流実子はある意味で負けたことになるのだと思った。その時は、自分の書いたもうひとつのエッセイを渡すことになっても仕方がない。

流実子は瑛子の反応を待った。やがて瑛子は椅子を揺らすのをやめて、流実子に笑顔を向けた。

「そうね、なるほどね。そういうものかもしれないわね」

瑛子は上機嫌で言った。

約束の土曜日、流実子は侑里のアパートを訪ねた。

玄関に立つと、小さな台所と六畳二間が続いた安アパートで、そのあまりにもうらぶれた感じに正直言って驚いてしまった。とてもふたりで暮らせる広さはないし、新婚といった華やいだ感じもない。その昔に流行《はや》った『同棲《どうせい》』というニュアンスにぴったりで、入るのが少しためらわれた。

それでも、侑里は幸福そうだった。格好はジーパンにダンガリーシャツというお洒落《しゃれ》とは無縁のスタイルだったが、笑顔に柔らかさがあり、肌も艶《つや》やかだった。あの時、目の下にうっすら浮かんでいたクマや頬にさしていた影も消えていた。少し太ったのかもしれない。

「上がって」

促されて、部屋に入った。壁ぎわにシングルのベッドがあって、枕《まくら》がふたつ窮屈そうに並んでいた。少し生々しく感じられて、流実子は思わず目をそらした。

「これお土産、洋梨《ようなし》のタルトなの」

流実子は持って来たケーキの箱を差し出した。

「ありがとう」

侑里はお茶の用意をし、ふたりでタルトを食べながら、彼の帰りを待った。

侑里は彼の話をたくさんした。ふたりがどんなふうに出会ったか、どんないきさつでこうなったか、今、運送店で働いていて、仕事はきついが給料はなかなかいいとか。侑里も本屋のアルバイトを始めたと言った。

「少しお金が貯《た》まったら、もう少し広い部屋に引っ越したいから」

「本屋のバイト、時間給はいくら?」

立ち入りすぎかと思ったが、尋ねた。

「八百五十円よ」

「そう」

どれくらい働くのかはわからなかったが、せいぜい月に五、六万といった収入だろう。一流企業のOLだった頃は、かなりのお給料を貰《もら》っていたはずだ。侑里に、こんな生活が本当にできるのだろうか。

「なかなか大変ね」

「貯金も退職金も、みんな置いてきたの。今度のことでは、両親にお金の面でもとっても負担をかけたでしょう。だから、そうね、生活はやっぱり大変」

「大丈夫なの?」

「何とかなるわ」

「幸せなのね」

「ええ、とっても。毎日が楽しくてしようがないの」

幸福はお金で買えない、とでも言いたげに侑里は笑顔を向けた。

流実子も笑顔を返したが、正直言って、内心では馬鹿馬鹿しいと思っていた。お嬢様育ちの侑里は、なんにもわかっていない。そんな綺麗事《きれいごと》がいつまで続くか。結局は両親に泣き付くくせに。それとも、負け惜しみで言っているの？

「あ、帰って来たわ」

急に侑里がドアを振り向いたのでびっくりした。

「え？」

しばらくしてドアが開いて彼が姿を現した。どうやら、階段を登る靴音だけでわかってしまうらしい。

「ただいま」

「おかえりなさい」

侑里が立ち上がって出迎えにゆく。彼は流実子を認め、軽く頭を下げた。流実子も返した。

なるほど、と思った。それが第一印象だ。確かに彼はいい男だ。女性の心を引き付ける顔、というのがある。整っているだけじゃない、むしろどこか足りないものを感じさせる顔。それがたとえば、孤独な表情だったり、寂しげな目付きだったりする。

彼が部屋に上がって来た。流実子の前に座り、もう一度、今度はもっと丁寧に頭を下げた。

「侑里から聞きました。すごくお世話になっちゃったみたいで、ありがとうございました」

声もよかった。彼が劇団に所属していたことがあると侑里が言っていたのを思い出した。

「いいえ、大したことしてないんです。すべて侑里の強い決心があったから、うまくいったんです」

彼が侑里に顔を向け、笑顔を浮かべた。これじゃしようがない、と思ってしまう。こんないい男に、こんな魅力的な笑顔を向けられたら、世間知らずの女ならすべてを捨てても構わないという気にさせられてしまう。

「今度、透とふたりで岸田先生の所に挨拶《あいさつ》に行ってこようと思ってるの。結局、先生は相談料もとってくれなかったでしょう。本当に感謝してるの」

それは私に感謝すべきだ、と流実子は思う。

「今夜はね、しゃぶしゃぶにしたの。すぐ用意できるから待っててね」

はしゃいだ声を上げて、侑里はキッチンに立って行った。

侑里のアパートから帰ると、流実子は部屋の真ん中に座り、ゆっくりと煙草を一本吸った。

侑里は本当に幸福そうだった。彼のためにかいがいしく肉を取り分けたり、ビールをついだりする様子は新婚生活そのもので、見ているこちらが気恥ずかしくなるくらいだった。

何もかも捨ててまで手に入れた今の生活。そのために流実子も力を貸した。祝福してあげようと思う。なのに、どうしてか気分がよくないのだった。

「あんなの、いつまで続くかしらね」

と、皮肉な言い方で呟《つぶや》いてみた。

岸田瑛子法律事務所に就職してから三年間、散々、別れの経緯を見てきた。熱烈な恋愛の末に結婚したのに、最後は憎しみしか残っていない夫婦。ベッドの中で、お互いの身体の隅々まで舐《な》め合ったこともあったろうに、口汚く相手をコキおろす恋人たち。侑里たちがそうなるとは思っていないが、そうならないとも言えないはずだ。

流実子は透のことを思い浮かべた。似合いかどうかということを考えれば、あまりしっくりはこなかった。今は運送屋で地道に働いているそうだが、かつてはかなり女性関係が激しく、自堕落ですさんだ生活を送っていたという。確かに、あれだけ美しい男ならそれも不思議ではないだろう。今日の透を見た限りでは、侑里との生活に心から満足しているようだ。けれども透が元の男に戻らないという保証はどこにもない。それに、お嬢様育ちの侑里に、あんな生活がいつまで耐えられるだろう。お金がなくたって幸せ、というのはせいぜいもって一年だ。この世の諍《いさか》いごとの八〇パーセントはお金が絡《から》んでいる。お金の前で、愛なんてものはいつも呆気《あっけ》なく壊れていく。それをずっと目《ま》のあたりにして来た。

自分は冷静な人間だと、流実子は思う。現実から逃れることにロマンを感じたりはしない。

けれど今、こんなことばかりを考えてしまう自分があざとくも思えた。煙を長く吐き出すと、身体《からだ》の中に空洞ができてしまったような気がした。

流実子は両頬をぱちぱちと叩《たた》いた。こんなことを考えてる場合じゃない。今から瑛子のエッセイの直しと、自分の分を書かなければならない。

その時、電話がコールし始めた。

流実子は手を伸ばし、受話器を取り上げた。

「もしもし」

向こう側にためらいのような沈黙がある。流実子はもう一度言った。

「もしもし？」

「俺」

短く、ぶっきら棒な声が返って来た。達彦だ。

「ああ……」

何と反応していいかわからず、流実子は曖昧《あいまい》な返事をした。

「明日、東京を離れるよ」

「そう」

「それだけか？」

達彦の険のある声が戻って来た。

「だって、それ以上どう言えばいいの」

「まあ、そうなんだろうな」

「頑張っていいメロンを作ってね、とでも言えば満足する？」

「皮肉に聞こえる」

「でしょう」

そして達彦は一呼吸ついた。

「最後に、会えないか」

「え……」

「会いたい」

かすれた達彦の声を聞くと、身体の奥の方で何かが動き始めるのを感じた。耳元で何度も聞いた彼の声。それはいつも流実子の身体を開く鍵《かぎ》だった。その鍵を耳元にかちゃりと差し込まれ、熱いものが溢《あふ》れてくる。私は欲情している、と思った。

「今から出て来れないか」

「来て」

「え」

「私の部屋に来て」

「いいのか」

戸惑ったような達彦の声がする。今まで達彦を部屋に入れたことは一度もなかった。達彦だけではない。この部屋を自分の聖域のように思って、自分以外の誰も入れたことはなかった。でも、もう達彦はいなくなる。二度と会わない人だ。

「場所、わかるでしょう」

「ああ、前に一度、車で送っていったことがあるから」

「待ってるわ」

「すぐ、行く」

ふたりは何も言わなかった。言葉は発しなくても、身体は饒舌《じょうぜつ》だった。顔を合わせた時には、もう抱き合っていた。服を脱ぐのももどかしくベッドに入った。

達彦とは今まで何度もセックスをした。お互いの身体の隅々まで知っていた。その安心感とこれが最後という喪失感がないまぜになっていく。

お互いの唇から漏れる声と吐息が部屋を埋め尽くした。果てそうになる達彦を流実子ははぐらかし、いきそうになる流実子を達彦はじらした。ふたりがそこに行き着けば、それですべて終わる。それを知っていて、終わりになるのを引き伸ばしている。未練でもなく、執着でもなく、もっとシンプルなもの。終わりは人の心を刹那《せつな》に追い詰める。

ふたりが終わりを受け入れたのはもう明け方近かった。達彦は流実子を抱き締めたまま、呟くように言った。

「このまま、流実子をさらっていけたらいいのに」

流実子は黙っていた。何も言ってはいけないと思った。そのことで達彦に見当違いの期待を持たせるようなことになりたくなかった。

「よく、どうしようもない男なのに、女が離れられないっていうの聞くだろう。それはたいてい、男のセックスがよくて、それなしでは女は生きていけないからだ。俺も、流実子をそんなふうにできたらよかったのに。俺以外じゃ、絶対に感じられないくらいのセックスができたら」

「達彦のは最高よ」

達彦は少しの間黙り、流実子を再び引き寄せて、とても濃厚なキスをした。熱い吐息が身体の奥まで広がってゆく。流実子の唇を吸う達彦の舌先が泣いているように感じられた。やがて、達彦が身体を離した。

「行くよ」

達彦がベッドから抜け出し、服をつける。その姿を流実子はずっと眺めていた。何もかもが好もしかった。達彦と一緒にいて、不愉快な思いなどしたことはなかった。

その時、不意に後悔にも似た感情が流実子を包んだ。本当にこれでいいのだろうか。私は何か間違ったことを選ぼうとしているのではないだろうか。

「さよなら」

達彦が部屋を出ていく。ドアが閉まる音を聞いて、流実子は身体を起こした。

思わず名を呼んでいた。けれど、それだけだった。達彦に届かない声だということを、流実子はちゃんと知っていた。流実子はベッドの中に潜り込み、堅く目を閉じた。

❇

それからふた月が過ぎた。

透の仕事は朝が早く、侑里は六時には起きて、朝食の準備とお弁当を作り、寝起きの悪い透をなだめたりすかしたりしながらベッドから引っ張りだし洗面所へ向かわせる、というのが日課になっていた。

七時に透がアパートを出てゆくと朝食の後片付けに掃除と洗濯をする。一日中晴れと聞けばベランダに布団《ふとん》を干す。本屋のアルバイトは十時から四時。ワイドショーを横目で観《み》ながら、簡単にお化粧をし、着替えて外に出る。

着替えると言っても、大した服は持っていない。OLをしていた頃は、通勤着に何を選ぶかということが毎日の悩みのタネだった。でも今は、家を出る時に持って来た紺のコットンパンツに白いシャツが定番になっている。時には透のを借りて着ていったりもするが、それも平気になっていた。

ふた月前まで送っていた生活とは百八十度の違いだった。朝は母に起こされ、母の作った朝食を食べ、お昼は会社近くのレストランでランチをした。アフター5は、ショッピングや習いごと、雑誌に載っている話題の店に食事に出掛けたりした。今は、四時にバイトが終われば、マーケットに寄って帰るだけだ。

食費を一日に千円以内に収める、というのはなかなか至難の技だった。朝にチラシを見て、できるだけ安いものを求めて遠くのマーケットにまで足を伸ばすこともあった。唯一《ゆいいつ》の楽しみと言えば、その千円の中に、プリンかヨーグルト、スナック菓子のどれかひとつを加えることだった。

実家の冷蔵庫はいつも食物でいっぱいだった。安物のケーキなどが入っていたら、見向きもしなかった。でも今は、三個百円のプリンもとてもおいしく食べられる。そして、そのことが少しもみじめではなかった。むしろ、楽しくてならなかった。

夕方、食事の支度をしている時に電話が入った。

「岸田です」

と、言われても、最初はピンと来なかった。

「岸田法律事務所の岸田です」

「えっ、岸田先生ですか」

侑里は思わず声を上げた。

「ええ、そうよ」

瑛子がそんな侑里の声に苦笑しながら答えた。

「どうしてるかなって、ちょっと気になって電話してみたの。どう、その後元気にしてる?」

侑里は嬉しさと緊張ですっかり舞い上がった。

「はい、元気です。ふたりで何とか頑張ってます」

「そう、よかったわ。もし困ったことがあったらいつでも相談にいらっしゃい。私でできることなら、力になってあげるから」

侑里は思わず涙ぐみそうになった。

「先生……先生に、そんなに優しくしてもらえるなんて……」

「あらあら、相変わらず泣き虫さんね」

「すみません、あんまり嬉しくて」

「この間、ふたり揃《そろ》って事務所に挨拶に来てくれたでしょう。その時から、私、まるであなたたちの仲人《なこうど》になったような気分なの。ほら、いつもいつも別れるための争いばかりにかかわっているでしょう。まあ、仕事だから仕方ないんだけど、時にはうんざりすることもあるのよ。そんな中で、あなたたちふたりを見てホッとしたの。私だって、別れさせるばかりじゃなくて、結びつかせることもできるんだって」

「大丈夫です。ちゃんと私たち結ばれてます」

侑里は力強く言った。瑛子の嬉しそうな笑い声が聞こえる。

「そう、それを聞いて安心したわ。ふたりで頑張るのよ。どんなことがあっても彼を放しちゃ駄目よ。私はいつも味方でいるから」

「先生……」

ますます涙が溢れ出る。

「じゃあ、頑張ってね。何かあったら連絡していらっしゃい」

「はい。ありがとうございます」

あんな有名な瑛子から直接電話をもらえるなんて、夢のようだった。祝福が少ないだけに心強かった。もう幸福になるしかない。それが瑛子への恩返しでもある。

透が帰って来るのは八時頃だ。

それまでに夕食の用意をしておく。料理は嫌いじゃないが、得意な方でもない。ＯＬ

の頃に、和食の教室に通っていたことがあるが、そこは自分たちが作るのではなく、先生が作ったものを見物しながら、最後に生徒全員で試食するというスタイルだった。

作るのが目的ではなく、食べるのが目的の教室では、料理の腕など身につくはずもなかった。こういう時、本当は実家の母親がよきアドバイスをくれるのだろうと思う。けれど、今の侑里にそれは無理な望みというものだ。

アパートの階段が軋《きし》む音がする。透が帰って来たのだとすぐにわかる。侑里はドアに手をかける。そして、透がドアをノックする前に開けて「おかえり」と迎える。

「ああ、ただいま」

帰って来た透はかすかに埃《ほこり》と汗の匂《にお》いをさせている。侑里はそれが好きだった。お風《ふ》呂《ろ》はすでにわかしてある。透は侑里の目の前で裸になり、お風呂に入る。

力仕事につくようになって、透の身体は微妙に姿を変えた。胸が厚くなり、背中には堅い筋肉がつき始めていた。

散らかった彼の服や下着を手にする時、侑里はたまらなく幸福を感じる。それはベッドの中で抱き締められるより、もっと濾過《ろか》された幸福感だ。ここに自分と透だけの日常というかけがえのない瞬間が確かにあるという幸福。

「侑里も来いよ」

風呂から透が呼んでいる。狭い風呂でも、時々、こうして一緒に入る。侑里はいそいそと服を脱ぐ。侑里は透の身体を洗い、透は侑里の身体を洗う。スポンジを使って、タオルを使って、指を使って隅々まで洗う。

上がってから、お互いの身体をタオルで拭《ふ》いている時、ふっと透が侑里の手に目をやった。

「ずいぶん、荒れちゃったな」

侑里は慌《あわ》てて後ろに隠した。

「そんなことないわ」

「よく見せろよ」

仕方なく、侑里は手を差し出した。

「本屋のバイト、きついのか？」

「まだ慣れないだけ」

本を売るのが仕事だと、最初は気楽に思っていた。けれども、倉庫で荷を解いたり、その本を何冊もまとめて棚に運んだりと、思った以上にきつかった。紙製品を扱っているので、特に手がひどく荒れてしまう。

「辞めてもいいんだ。いや、辞めろ、そんなバイト」

「だって」

「他にも何かあるだろう、もっと楽なやつ」

「大丈夫よ。これでも私、結構、逞《たくま》しいんだから。これくらいどうってことないわ」

「俺、仕事変わろうと思うんだ」

「えっ」

侑里は顔を上げた。

「心配するなよ。次もちゃんとした仕事だよ。俺が前に演劇をやっていたことを話したら、そういった情報を集める業界紙があるから、そこに紹介してくれるっていう人がいるんだ。経験もあるから優遇するって。今の運送屋は、給料はまあまあだけど、保険とかの保障は何もないだろう。けど、今度のところは正社員として雇ってくれるっていうんだ。有給休暇もあるし、年に二回、ボーナスもでる」

「そう」

いい話だとは思う。けれども、侑里はそれほど嬉《うれ》しくはなかった。こんな短い期間で今の仕事を辞めてしまうと、それが癖のようになってしまわないか。新しい仕事もまたすぐに辞めたくなるのではないか。それに演劇関係となれば、また以前の生活に戻ってしまうのではないか、という不安もあった。

「俺、早くきちんとした生活をしたいんだ。でなきゃ、侑里の両親に挨拶に行けないだろう。ちゃんと許しをもらって、笑顔で祝福されたいんだ。侑里に、ウェディングドレスも着せてやりたいしさ」

「透……」

優しさが身にしみた。透は変わった、本当に変わった。一瞬でも、疑るようなことを考えた自分を侑里は恥じた。仕事を変わるのは誰のためでもない、侑里のためなのだ。何もかも捨ててよかった。自分は少しも間違った選択などしてはいない。

❄

その日、めずらしく瑛子と路江が口論をした。

流実子が家庭裁判所に文書を届け、事務所に戻って来てドアを開けた瞬間、瑛子のデスクから強《こわ》ばった路江の声が聞こえて来た。

「それはないでしょう。今日の取材は瑛子も前々からわかってたはずじゃない。雑誌社の方もスタジオとかカメラマンとかみんな押さえて待ってるのよ。それがこんな土壇場《どたんば》になってキャンセルだなんて、いったいどう言い訳すればいいのよ」

「急病とでも何とでも言ってよ。それがあなたの役目なんだから、うまくやってくれなきゃ」

「冗談じゃないわ、キャンセルするなら、自分で連絡しなさいよ。私は知らないから」

「急ぐのよ」

少し間があって、

「男ね」

と、路江の呆《あき》れた声がした。瑛子のデスクはキャビネットの向こうにあるので、ふたりの姿は見えない。会話だけが耳に入って来る。

「何のこと?」

「しらばっくれたって無駄よ。瑛子と来たら、男ができるとほんとだらしなくなっちゃうんだから。今度はどんな男よ」

「違うわよ」

「じゃあ、何なのよ」

「とにかく急ぐから、行くわ」

「いい加減にしておきなさいよ。瑛子は仕事だとあんなに冷静に状況を判断できるのに、男を見る目はからっきしダメなんだから。この間まで付き合ってた妻子持ちも、口ばっかりのろくでなしだったじゃないの」

「それを言うなら路江も同じでしょう。マザコン男で失敗したじゃない。私のことをとやかく言う前に自分のことを心配したらどうなのよ。とにかく、今日はキャンセルよ。私は出掛けるから」

瑛子が姿を現した。流実子の姿を認めてちょっと驚いたようだが、すぐにいつもの笑顔を浮かべた。

「なんだ、流実子ちゃん帰ってたの。今日は私、もう戻らないから後はよろしくね。それと、来週には工藤さんが原稿を取りに来るっていうから、それまでにみんなまとめておいてちょうだいね」

「はい、大丈夫です」

「じゃ、よろしくね」

「お疲れさまでした」

流実子は丁寧に頭を下げ、瑛子を送り出した。

振り向くと、路江が立って、ため息をついていた。

「困ったもんだわ」

「渋いの、いれますか?」

「ええ、お願い」

流実子はキッチンに立ち、路江の好きないつもの濃い緑茶をいれた。その間に、路江は自分のデスクからキャンセルの電話を入れている。

「何とお詫《わ》びしていいか、急に親戚《しんせき》に不幸がありまして。ええ、本当に申し訳ありません。次の取材の時は必ず。わかっています。はい、はい、ではよろしくお願いいたします。この埋め合わせは必ず。はい、どうも、では失礼します」

受話器を置いたところに、流実子はお茶を出した。

「ありがとう」

「安井さん、いつも本当に大変ですね。先生の三倍ぐらい働いてるって感じがします」

「三倍じゃきかないわ。五倍は働いているわよ」

と、路江は少々自嘲《じちよう》気味に笑い、緑茶にふうっと息を吹き掛けた。

「一度、聞いてみたかったんですけど」

「なあに?」

「どうして先生の仕事を手伝われるようになったんですか？」

「そうねえ」

路江は茶わんを両手で包み、椅子《いす》に背をもたれさせた。

「私たちが従姉妹《いとこ》同士だってことは知ってるでしょう」

「ええ、お父さまが兄弟とか」

路江はいくらか遠い目をした。

「私がまだ小さい頃、うちの父が事業で失敗しちゃったのよ。それで、瑛子の家にかなり援助してもらったの。その上、私は高校卒業まで瑛子の家にやっかいになることになってね。まあ、居候《いそうろう》をさせてもらってたってわけよ」

「そうだったんですか」

「瑛子は小さい時からお姫さまみたいだったわ。勉強ができて美人で、天真爛漫《らんまん》で。私たち、本当の姉妹みたいに仲がよかったのよ。高校を卒業した後、私は家を出て、経理の専門学校に入ったの。卒業して小さい印刷会社で事務をしてた時に知り合った男といちおう結婚したんだけど、五年もたたなくてね。結局、離婚することになったの。さっきの話、聞こえたでしょう、夫がひどいマザコンだったのよ。子供もいなかったしね。それで、瑛子に離婚の相談に乗ってもらったわけ。瑛子は司法試験にストレートで受かって、研修期間も終わって、しばらく弁護士事務所で修業していたんだけど、そこからちょうど独立する時だったの。何やかやと連絡を取り合ってるうちに結局手伝うことになって、それがそのままここまで来ちゃったってわけ」

「こういう仕事って、信頼できるパートナーを持つことがいちばん大切ですものね。先生はほんと、安井さんに頼ってるから」

「瑛子はしっかりしているようで、危なっかしいところもあるから」

それから路江は両腕を上げて、大きくひとつ伸びをした。

「あーあ、予定がキャンセルになって、今日はもう何もすることがなくなっちゃったわ。仕事は終わり」

定刻の五時にはまだ少し間があるが、路江はデスクの上に乗せてあったファイルをさっさと引き出しの中にしまった。

「流実子ちゃんも今日はもう帰っていいわよ」

「私は先生に頼まれた仕事があるので、もう少しいます」

「ああ、あのエッセイね」

「はい」

「じゃあ、後はよろしく。お先に」

路江はバッグを手にして事務所を出て行った。

ひとりになると、解放されたような気分になった。自分のために薄めのコーヒーをいれ、事務所では絶対に吸わない煙草《たばこ》を一本吸った。

吸いながら、瑛子と路江のことをぼんやり考えた。対照的なふたりだと思う。瑛子が太陽なら、路江は月だ。月は太陽がいなければ輝けない。路江は瑛子の影に隠れてしまう自分に対して、ジレンマを感じるようなことはないのだろうか。

月は、自分が月だと認めてしまえば、それはそれで楽に生きられるのかもしれない。

でも私はイヤだ、と流実子は思う。私は月ではなく、太陽になりたい。

流実子はバッグの中から、フロッピーを取り出した。最近、これをいつも家から持って来ていた。流実子自身のエッセイが入っているフロッピーだ。家だけでは時間が足りなくて、事務所に瑛子も路江もいない時、こうしてここのパソコンにセットして原稿書きをしている。

瑛子のエッセイなど、もうどうでもよかった。いつも適当に直しを入れて戻していた。その時にひと言「すごく面白くて、私が手を加えるところなんてありませんでした」と言えば、瑛子は上機嫌だ。

流実子が自分の言葉で書いているテーマも、瑛子とほぼ同じだった。と言うより、瑛子の書いたものを読むとつい反発や疑問などが湧《わ》き起こり、それが逆にいい刺激になって自分なりの言葉が浮かんで来た。

一時間ばかり、夢中になってキーボードを打っていた。

その時、不意にドアがノックされた。

「はい」

答えると、工藤が顔をのぞかせた。

「えっと、先生は？」

言いながら、工藤は事務所の中に入って来た。流実子は椅子から立ち上がった。

「申し訳ありません。今日はもう帰られました」

「安井さんも？」

「はい」

「そうか。このビルの前を通ったら明かりがついてたので寄ってみたんだけれど、流実子ちゃんだけ残業ってわけか」

「ええ、まあ」

流実子は曖昧《あいまい》に答えた。工藤がますます近付いて来て、パソコンの画面を覗《のぞ》き込んだ。

流実子は慌てて隠した。

「もしかして、それはうちの原稿?」

「ええ、まあ。先生から清書を頼まれたので」

「少し読ませてもらっていいかな」

と、ますます工藤は画面に顔を近づけようとする。見られたら大変だ。

「駄目です」

流実子は画面を両手で覆《おお》い、きっぱりと言った。

「これは先生から頼まれた仕事です。先生の許しも得ないで工藤さんに見せたら、後で叱《しか》られてしまいます」

「うん、まあ、それもそうだね」

工藤が笑って肩をすくめた。もう四十も半ば過ぎだというのに、そういう時、工藤は思いがけず子供っぽい表情をする。

「まだ、かかるのかい、清書は」

「今日はもう終わりにします」

流実子は終了のキーを叩《たた》いた。画面が切り替わり、文章が消えていく。

「じゃあ、飯でも食いに行こうか」

「え?」

流実子は顔を向けた。

「デートの約束でも？」

工藤がからかうように尋ねる。

「いいえ、そんなものはないですけど」

「先生の原稿を清書してくれているのなら、少しは流実子ちゃんも接待しなくちゃね」

「いえ、私ならいいんです」

「正直に言おう。実は僕が腹ぺこなんだ。でも、ひとりで食べるのは味気ないだろう。それで流実子ちゃんを接待するという名目で、付き合ってもらいたいと思ってるわけだ」

工藤の正直な誘い方に、流実子は思わず笑っていた。

「そういうことなら、喜んでご馳走《ちそう》になります」


工藤との食事は楽しかった。

青山のこぢんまりとした和食屋で、煮魚や野菜の炊《た》き合わせといったような、気持ちがほっとするような料理ばかりがあった。

食事をした後、もう少し飲もうということになって、カウンターバーに行った。

話し上手な工藤は人を退屈させることがない。こういった年齢の男性は、流実子のような若い女の子を前にすると、若ぶって流行《はや》りの話をするか、逆に自分の過去を美化してセンチメンタルに喋《しゃべ》るかのふたつのタイプが多いものだが、工藤はそのどちらでもなかった。

流実子に少しも緊張感を与えず、年齢や立場を笠《かさ》に着たりもしない。たとえば映画のこととか、旅行のこととか、話題としては他愛無いものだが、工藤が話すとつい聞き入ってしまうというような魅力を持っていた。アルコールも入って、流実子もかなりリラックスしていた。そういった気分が、こんな質問を工藤に向けていた。

「あの、お聞きしてもいいですか？」

「何だい？」

「本はどうやったら出版できるんですか」

工藤がふっと顔を向けた。かなり飲んでいるはずなのに、少しも顔に出ていない。お酒はかなり強そうだ。

「流実子ちゃん、もしかして、そういうことを考えているのかい？」

「いいえ、ただ、何となく聞いてみただけです」

工藤がグラスを置いた。

「ジャンルにもよるが、ひとつは新人賞などの公募している賞に応募して受賞する。もうひとつは、出版社に直接持って行って読んでもらう。持ち込みというやつだ。まあ、大きく分けてこのふたつだろうな」

「そうですか」

工藤は流実子の顔を覗き込んだ。

「どういうつもりでいるかしらないけど、そんなことは考えない方がいい。誰にも自分を表現したいという欲求があって、本を出すってことに憧《あこが》れる人も多いけど、それで人生を棒に振った人間を僕は何人も知っている」

「棒に振るって?」

「そのために定職を持たなかったり、世の中に認められないことの苛立《いらだ》ちで精神を病んでしまうとかね。だいいち、儲《もう》かる仕事じゃない。儲かってる作家なんてほんの一握りだよ。華やかに見えるのも大きな誤解だね。みんな生活に四苦八苦してる。編集者をしていてこんなことを言うのも何だが、書く側の人間になるより、読む側の人間でいた方がずっと幸福だよ」

「そうでしょうか」

「僕はそう思うね」

流実子は水割りのグラスを手にした。けれど、それは受け身の幸福でしかない。それで満足できるなら、それでいい。でも私は違う。私は自分の手で摑《つか》み取るような生き方をしたい。

「先生の影響かい？」

「え？」

「先生のを清書しているうちに、この程度なら自分にも書けると思ったんだろう」

「そんなことありません」

「つい書けそうな気がするんだよ、誰でもね。でも、実際は書けない。編集部には山のように持ち込みの原稿がある。それを見ればわかる。書けないんだ。そういうものだよ」

今すごく売れている先生の一冊目のエッセイはほとんど私が書いたものです、とつい言いたくなってしまうのを、流実子は必死にこらえた。

❄

「その後、どう？　新婚生活は」

流実子がクリームソースのパスタをくるくるとフォークに巻き付け、顔を向けた。

「おかげさまで、何とか」

侑里はイタリアンサラダを口に運びながら答えた。

「何とかどころか、すごく幸せって顔に書いてあるわ」

流実子がからかい気味に言ったので、侑里は思わずほほ笑んだ。

「いやだ、そんなことないわ。やっぱり一緒に暮らしてみると、いろいろあるわ。彼があんなに野菜嫌いだったなんて全然知らなかったもの」

「あら、それってノロケ？」

ふたりは顔を見合わせて笑い合った。

ここは青山のレストラン。侑里は昨日、流実子の事務所に電話を入れて、ランチを一緒に食べる約束をした。

そうしたのは、正直言って毎日が退屈だったからだ。

結局、本屋のバイトは辞めてしまった。透がそう言うのを、無理に続けるのはばかられた。すると、一日がこんなに長いものかと感じられるようになった。家事などたかがしれている。後はテレビを見てぼんやり過ごすだけだ。誰かに連絡をとろうと思っても、今の状態では簡単にできる相手もいない。結局、一日中家にいて、アパートの窓から暮れてゆく空をぼんやり眺めているしかなかった。

だから久しぶりで流実子とお喋りができると、弾むような気持ちでここに来た。

「そうそう、岸田先生がね、時々うちに電話をくれるの、元気にしてる？　って」

「へえ、先生が」

流実子が目を丸くしている。

「岸田先生って本当に思いやりがある人なのね。何かあったらいつでも相談にいらっしゃいなんて、普通、言ってくれないでしょう。弁護士ってもっとドライな職業だと思ってたのに」

「先生が、本当にそんなことを侑里に言ったの？」

「ええ、そうよ」

「だとしたら、私も、本当にびっくりよ」

「そう？」

「先生はすごく合理主義の人だもの。仕事とプライベートはきっちりわけてるし、情に流されることもないし。信じられないわ、あの先生が、いつでもいらっしゃいなんて」

「でも、本当にそう言ってくれてるの」

「ふうん」

「流実子は幸せよ。あんな素晴らしい先生の事務所で仕事ができて」

侑里はメインの白身魚を口に運んだ。値段の割りには、なかなか内容が充実したランチだ。

「ま、それなりに色々あるけどね。で、彼、運送屋で頑張ってる？」

「それが、実はこの間変わったの」

「あら、転職？」

「そう。演劇関係の業界紙なの。もともとそういうことをやってたでしょう。だから、すごく張り切ってる」

「ふうん」

頷《うなず》いてから、流実子は真顔になって付け加えた。

「余計なお世話かもしれないけど、大丈夫なの？」

「何が？」

侑里はいくらか首を傾けた。

「それがきっかけで、彼、また元のようになってしまうとかないの？」

「まさか」

「だって、演劇業界って、やっぱり派手なんじゃないの」

侑里は笑って首を振った。いかにも流実子らしい気の回し方だと思った。

「正直言って、私も最初はちょっと不安だったの。あの世界はとても魅力的だし、素敵な女性もたくさんいるものね。できるなら、違う仕事であって欲しいなって思ったのも確かよ。でもね、透は言ってくれたの。仕事を変えたのは、あの世界に未練があったわけじゃないって、早くうちの両親に認めてもらいたいからだって。それと……」

侑里は口ごもった。

「なに？」

「私にどうしてもウェディングドレスを着せてやりたいからって」

「それはそれは」

流実子が呆れた顔をし、首をすくめている。

「そこはね、前の運送屋と違って、正社員としてちゃんと条件も整っているの。だから、気持ちの上でも安心できるし」

「籍は入れたの？」

「ううん、それはまだ。やっぱり両親の許しを得てからと思って」

「昨日、電話で侑里『岡部です』って名乗ったでしょう。最初、誰だかわかんなかったわ。籍はまだでも、もう彼の姓を名乗ってるんだ」

「気持ちの上ではもう結婚してると思ってるから。最近じゃ、こっちの姓の方が慣れちゃったみたい」

「つまり、内縁の妻ってわけね」

「え……」

「内縁の妻よ。法律的にはそういうの」

それはとても耳障《みみざわ》りな感じがした。

「そうなの」

「まあ、籍はまだ入れない方がいいかもね。確かに、正式に結婚していた方が、法律は味方してくれるし、別れる時に慰謝料も取りやすいけれど、彼から取れる慰謝料なんて所詮《しょせん》たかがしれてるでしょう。今のままにしておいた方が、戸籍もきれいなままでいられるし、黙っていれば同棲《どうせい》のことは誰にもわからないわけだし」

侑里は上目遣いで流実子を見た。

「何だか流実子、私たちが別れることを前提に話しているみたい」

流実子はしまった、という顔をした。

「あら、いやだわ、そういうわけじゃないの。ごめんなさい。私ったら毎日そういう仕事ばかりしてるでしょう、ついそれが出ちゃったのよ。本当に悪かったわ、気に障ったら本当にごめんなさい」

流実子は昔からそういうところがあった、と侑里は思い出していた。

すべてのことをどこかで信用していないというか、物事をまず悪い方に考える。否定から始めて、肯定の答えを探すというやり方だ。

そんな流実子を友人たちは冷静で強い人間だと評していた。けれど、侑里は違うと思っていた。流実子は基本的にとても臆病《おくびょう》なのではないかと感じてしまう。いい方に考えて、それが裏切られるのが恐いのだ。だから予《あらかじ》め、悪いことを念頭に置いて、もしそうなった場合も「最初からわかってたわ」と自分を納得させようとする。

だから流実子を見ていると、時々その強さが痛々しいような気持ちになる。もちろん、流実子にそんなことを言ったことはないし、流実子自身も否定するに違いないだろうが。

「聞いてもいい？」

食事がデザートに変わってから、侑里は尋ねた。

「なに？」

「流実子、恋人は？」

エスプレッソのカップを流実子は口に運んだ。

「ついこの間、別れたばかり。今は誰もいないわ。ま、その男も恋人と呼べるほどでは
なかったけれど」

「どうして別れたの？」

流実子がちらりと目を向ける。

「あ、ごめんなさい。立ち入りすぎかな」

「別にいいわよ。彼が田舎に帰って家の仕事を手伝うことになったの」

「それで？」

「それでって？」

「それが別れの理由？」

「そうよ」

「どうして？」

「何が？」

流実子は心底不思議そうな顔をした。

「だって何も別れなくたって、流実子も一緒についていけばよかったじゃない」

「まさか」

「私だったら、絶対についていくわ」

「侑里だったらそうでしょうね。でも、私には無理」

「つまり、それほど彼のことが好きではなかったってこと?」

「結局はそういうことになるんでしょうね。でも、もし好きだったとしても、どうして女の方ばかりが男の都合に合わせなくちゃならないの? 彼についていくってことは、今の私の生活をみんな捨てていくってことよ。逆に私のために、自分を犠牲にしてくれる男がいてもいいんじゃないかな」

「自分と恋人とを天秤《てんびん》にかけたら、自分の方が大事ってこと?」

「誰だって、そうでしょう」

「やっぱり、流実子はその人のことがそれほど好きじゃなかったのよ。好きだったら、その人を悲しませるようなことは絶対にできないもの。自分より、その人の幸せを願うわ。人を愛するってそういうものでしょう」

流実子がうっすらと笑みを浮かべている。

「さあ、どういうものかわからないけど、私はね、自分以上に誰かを愛するなんていうのは嘘《うそ》だと思ってる。そんなの単なる思い込み、自己陶酔よ」

「どうして」

「人間は所詮、自己中心的にしか生きられないわ。たとえば、男を庇《かば》って身代わりに女が死んだとするでしょう。ドラマとかであるじゃない、銃で撃たれそうになったのを自分が前に出て犠牲になるっていう。一見、それは自分のことよりも、男のことを大切に考えた行為のように見えるかもしれない。でも、本当は違うわ。そういう犠牲的な自分というものに、本人が満足しているのよ。あくまで、男のためではなく、自分が満足したいがための行為なの。これを自己中心と言わなくて、何て言うの」

侑里は黙った。高校の時から流実子は頭がよかった。その流実子に言われるときちんと言葉にして言い返せなかった。それでも違うというもどかしい気持ちだけはあり、侑里は言い返せない自分が何だか悔しかった。

「私には流実子の気持ちがわからないわ」

「私にも、侑里がわからないわ。それと、一緒よ」

流実子はそう言って、エスプレッソを飲み干した。

ランチを終えて、流実子と別れ、侑里は青山から渋谷までぶらぶらと歩いて行った。久しぶりに外でランチをするというので、楽しみに出て来たのに、流実子との会話はその気持ちに水を差されたようなシラけたものになっていた。

流実子はすごいと思う。自分の生き方を恋によって変えられたりしない強さがある。

たぶん、自分の利益にならない相手とわかれば、あっさり切り捨ててしまうのだろう。そういう意味では、自分とはあまりにも対照的だ。私にはできない。自分や今の生活を大切に思う気持ちはわかっても、人生において、愛する人と共に生きるということ以上に重要なものがあるとは思えない。

流実子の生き方はかっこいいかもしれないが、自分は流実子にはなれないし、なりたくもなかった。流実子は気づいていないかもしれないが、彼女は相手を緊張させる何かを持っている。どこが、というわけではないのだが、一緒にいても優しい気持ちになれたり、暖かみを感じたりすることができない。

たぶん、流実子自身がそういう中で生きているからなのだと思う。それは不幸なことだと思う。同時に、少なくとも、今、自分は流実子よりずっと幸福なのだと思う。

せっかく渋谷に出て来たのだからと、侑里はデパートをふたつ見て回った。

次は何をしようかと考えた。

今夜、透は帰りが遅くなる。食事も済ませて来ると、出掛けにそう言って出て行った。

最近、こういうことがよくある。運送の仕事も決して早く帰れるというわけではなかったが、だいたい帰宅時間の見当はついていたし、夕食も必ず家でとっていた。でも、今の仕事についてからは帰宅時間などないも等しい。演劇関係者の取材はどうしても夜になる。日中も外に出ているので、外食の方が便利だからと、お弁当もいらなくなった。給料は上がったし、保険は完備しているし、と、いいことはたくさんあるが、侑里は最近、夜中までひとりで過ごす時間が多くなっていた。

時計を見るとまだ四時にもなっていなかった。今からアパートに帰っても、何もすることはない。今夜も遅くまで透の帰りを待つだけだ。

ふと映画館の看板に目が止まった。ちょうど始まる五分前だ。別に観《み》たいわけではなかったが、誰もいないアパートにも帰りたくなかった。流実子とのランチに千五百円を使ったこともあり、チケットの千八百円はちょっと痛かったが、今日は特別ということにしよう。

ずっと倹約して来た。自分のものは何ひとつ買ってない。そのごほうびだ。侑里は窓口に近づいた。

映画館を出た時はもう六時近くになっていて、渋谷の街は人で溢《あふ》れていた。映画はやはり大して面白くなかった。貸しビデオ屋へ行った方がよかった、その方がずっと安上がりだったのに、と少し後悔した。

　駅に向かって歩き始めると、こちらに向かって歩いて来る二人連れの女性に目がいった。ハッとして、侑里は慌《あわ》ててショーウィンドウに張りついた。二人連れは侑里になど目もくれず、気楽な笑い声をたてながら背後を通り過ぎて行った。

　ふたりとも会社の後輩だった。

　過ぎ去ったのを確認してから、侑里はふたりの後ろ姿を眺めた。初夏にぴったりの明るい色合いの、ミニタイトのスーツ。髪はきれいにブローされて、肩先で弾んでいる。ブランドのバッグに、お揃《そろ》いのパンプス。ピアス。ブレスレット。リング。プチネックレス。彼女たちとはよくロッカーで情報を交換し合った。今、いちばん注目しているファッションは何かとか、流行りのメークやヘアスタイルのことを熱心に話した。「先輩をお手本にしてるんです」と言われたこともあった。そう言われるととても鼻が高かった。

　ふたりで今からどこに出掛けるのだろう。買物？　それとも食事？　その後はクラブにでも繰り出すのだろう。あの頃は自分もそういった毎日を送っていた。まだそんな遠いことではないのに、何年も前のことのように思えた。

　その時、ショーウィンドウに映る自分の姿に目が行った。

「これは誰……」

　思わずため息がもれた。白のシャツに黒のミニスカート。よそ行きとは言えないかもしれないが、モノは悪くない。実家を出る時、これなら着回せると持って出て来た一着だ。でも、お洒落《しゃれ》とはほど遠いものだった。目立ちもせず、センスもなく、街の中に埋もれてしまいそうな退屈な格好。ランチをしている時に、流実子も思っただろうか。「何てみすぼらしい格好をしてるの」と。

欲しい、という気持ちがかすかにわいた。華やかな花柄のブラウスが一枚。できたら、その中の一色をとったパンツも。ブルーとかグレーとか、いやピンクでもいい、明るく気持ちまでパッと華やぐような。それとベージュのパンプス。サンダルが今年の流行だ。バッグはデイパック。でも片方の肩にかけられるような女らしいデザインのもの。口紅もパールが入ったヌーディな色合いのを一本。髪も少しカットして、カラーリングして、ゆっくりエステで肌のお手入れもして。

そして、侑里は呟《つぶや》いた。

「下らない……」

そんなものはいらない。何も欲しくない。あっても無駄になるだけだ。

早く帰ろうと思った。渋谷はもう自分の来る街じゃない。特に五時を過ぎたらいけない。自分の残像を探してしまいそうになる。映画なんか観なければよかった。侑里は早足で駅に向かった。

❄

「流実子ちゃん、帰り、ちょっと時間ない?」

五時の終業時間近くになって、路江がデスクから声をかけてきた。

「はい、大丈夫ですけど」

「じゃあちょっと付き合って。中華のおいしいお店見付けたの」

「はい……」

頷いたものの流実子は怪訝《けげん》に思った。路江から食事に誘われるなんてことはめったにない。何か特別な話でもあるのだろうか。知らないうちに仕事で失敗でもしたのだろうか。さまざまなことを考えながら仕事を終えた。

連れていかれたのは赤坂にある高級な中華料理店だった。路江は「お料理は任せて」と言って、次々に注文した。紹興酒も一本頼んだ。

最初は他愛無い話をした。お天気の話とか、スポーツの話とか。流実子は適当に話を合わせながらも、落ち着かなかった。いったい何のために、路江は私を誘ったのだろう。

それでも、三品目の鮑《あわび》のオイスターソース炒《いた》めが運ばれて来た時には、思わず食欲の方に気をとられてしまった。肉厚で柔らかく料理された鮑を口に運ぶと、流実子はすっかり嬉《うれ》しくなった。

「流実子ちゃん、ちょっと聞くけど」

「はい」

「パソコンに入ってたエッセイ、あれはなに?」

流実子は思わず箸《はし》を止めた。

「え」

心臓が鳴っていた。

「あれは……」

口ごもりながら、めまぐるしく考えを巡らせた。どうして路江にわかってしまったのだろう。パソコン? 確かに事務所でも打っていた。でも誰もいない時だ。それに文書は必ず自分のフロッピーに落とすようにしていたし、メモリに残らないようにクリアする操作もしていた。それくらいの配慮はしていた。

そして、ハッとした。工藤が訪ねて来た夜だ。あの時、慌てていて、フロッピーには落としたが、メモリは消さなかったかもしれない。

路江は時々、流実子の机のパソコンも操作する。もしあの翌日、路江がパソコンのスイッチを入れたとしたら、メモリに残っていたものを見ていたとしたら、それは確かに流実子の書いたものだ。

流実子は強張《こわば》る顔を無理に崩した。

「ああ、あれは、ただの遊びです」

「遊び？」

「はい。ただ何となく時間がある時に書いてみただけです」

路江がゆっくりと紹興酒の杯をあけた。

「テーマは瑛子と同じだったわ」

「そうでしたか？　もう、もう書いたことすら忘れてましたから、内容まで覚えてませんけど」

「でも、内容的には全然違ってるの。ねえ、もしあれが流実子ちゃんの考え方なら、どうして瑛子にそのことを言って、直してくれなかったの？」

流実子は緊張している。

「それは、その、先生のは先生なりにとても面白かったし、もう私が手を入れるなんてことをする必要がないんじゃないかと思ったものですから」

「そうかしら、私は流実子ちゃんの書いたものの方が、ずっと面白いと思ったけど」

流実子は何と答えていいかわからなかった。今までおいしく食べていた料理が、胸の中で消化不良を起こしそうだった。

路江が尋ねる。

「わざと、そうしたの？」

「え？」

「そうなの？」

「まさか」

流実子は首を振る。

「本当に？」

「もちろんです」

「心配しなくていいのよ。瑛子には何も言ってないから」

「本当にそんなつもりじゃなかったんです」

すっかり堅くなっている流実子を前にして、路江は優しい口調で言った。

「一冊目のエッセイが売れたのは流実子ちゃんのおかげよ。ほとんどあなたが書き直してくれたものだものね。そのことはよくわかってるの。なのに、瑛子はスカーフ一枚でうまく誤魔化してしまった。あなたが気分を悪くするのは当然よ。何も手を打たずに黙ってみていた私も悪かったと思ってるわ。だから瑛子と相談して、今後は印税のいくらかをあなたに渡すことにしようと思ってるの。たぶん、これから三冊四冊と増えてゆくだろうし、実際、ほかの出版社からの依頼もあるし、やっぱり流実子ちゃんの力を借りることになると思うから。だから、それで納得してもらえないかしら」

黙っていると、路江は紹興酒を自分と流実子のグラスに注いだ。

「それだけじゃ不満?」

「いいえ、そんなわけじゃ」

「あのパソコンに入ってたエッセイだけど、もちろん、あのほかにも書いてるんでしょう」

「いいえ、あれだけです」

「本当に?」

「はい」

「そうなの」

それは嘘だ。流実子はすでに一冊分になるくらいのものを書き上げている。

「じゃあ、ちょっと立ち入った質問してもいいかしら」

「はい」

すでに、流実子はグラスも箸も置いている。

「流実子ちゃんは将来どうしようと思ってるの？」

「将来っていうと？」

「弁護士になるつもりじゃないでしょう」

「まさか」

「うちで経験を積んで、調査員としての技術を身につけて、適当な時期が来たらもっとギャラのいい法律事務所に変わるつもりでいるのかしら」

「そんなつもりはありません」

流実子は顔を上げ、きっぱりと言った。

「私は先生が好きだし、尊敬してます。いつまでもこちらの事務所でお世話になりたいと思ってます。こっそり勝手にエッセイを書いたのは悪かったと思います。本当に、遊びのつもりだったんです。もう、あんな馬鹿《ばか》げたことはしません。先生の力になれることなら、私、何でもしたいと思ってます」

「そう、わかったわ。じゃあこれからも瑛子に協力すると約束してくれるわね」

「はい」

路江は安心したように口元に柔らかな笑顔を浮かべ、紹興酒のグラスをあけた。

そうは言ったが、もちろん流実子は違うことを考えていた。

こうなってしまった以上、いずれ事務所には居づらくなるだろう。路江も口では納得したようなことを言っていたが、お腹《なか》の中では何を考えているかわからない人だ。

今、事務所を辞めるようなことになっては困る。生活の面で苦しい。もう少し勤めたいと思う。けれど、このまま残れば利用されるのはわかっている。下手をすれば、単なるゴーストライターでしかなくなってしまう。それでは路江と同じだ。影になって瑛子に力を貸すだけの存在。私は月になんかなりたくない。

流実子が書いたエッセイ、事務所に残るということはあれを捨ててしまうか、さもなければ瑛子に渡してしまうということだ。

そんなの、両方ともイヤだ。何とか形にしたい。本にして、本屋の店先に並べたい。自分の本としてたくさんの人に読まれたい。

そうするためには、いったいどうしたらいいのだろう。

工藤は事務所のソファに座って、何とも複雑な顔をしていた。

「今回は、前より自信があるんですの」

と、向かい側で瑛子が婉然《えんぜん》とほほ笑んでいる。

「僕としては意外でした。昨日、頂いた原稿を一気に読んだんですが、一作目とはあまりにイメージが違ってたものですから」

「わざとそうしたんです。同じパターンが続いたら、読者も飽きてしまうでしょう。確かに、前作は等身大ってことで書きましたけど、私は読者たちとは年齢もキャリアも違うわけでしょう。思ったんです、読者たちは叱られたがってるんじゃないかしらって。物わかりのいい大人ならたくさんいますけど、叱る大人って少なくなりましたものね。時には、こんなふうにズバリと言ってもらいたいと思ってるはずじゃないかしら」

瑛子は臆面もなく、流実子が前に言ったことをそのまま自信たっぷりに口にした。

「まあ、そう言われると、確かにそうだという気もしますが」

工藤は言葉尻《ことばじり》を濁している。明らかに満足していないという様子だ。路江は口を出さず、自分のデスクに座ったままふたりのやりとりを眺めている。流実子も仕事をしながら、耳をそばだてている。

さすがに瑛子も工藤の反応に気分を悪くし始めたらしく、やや険のある声で言った。

「いいんですのよ、これがご不満なら、別に無理して出版していただかなくても。私はいっこうに構いませんから」

「不満だなんて、そんな」

工藤が困惑の声を出している。

「原稿執筆の依頼は工藤さんの出版社ばかりじゃありませんから。他に欲しがってるところはたくさんありますから」

かなり辛辣《しんらつ》な言葉だった。けれども、いかにも瑛子らしかった。こういった脅迫めいたやり方は、訴訟の時にもよく使う。普通なら不快感を表して当然だが、さすがに工藤は編集者だ。明るい笑い声を上げた。

「いやだなぁ、先生。脅かさないでくださいよ。今、先生の原稿をよそに取られるようなことになったら、僕のクビが飛んでしまいますよ。もちろん、これで出版させていただきます」

「いやだわ、そのつもりならあっさり言ってくだされぱいいのに」

「しがない編集者をいじめないでくださいよ」

「あら、いじめるなんて、いやね」

瑛子は満足そうに頷《うなず》き、形のいい足をゆっくりと組み替えた。

神保町の電話ボックスから、流実子は工藤の出版社へ電話をかけた。

仕事を終え、青山から電車で来たので、六時半を過ぎていた。この辺りは出版社と書店が軒を連ねている。通りを歩いている人も、どこかしら工藤と似通ったものがあった。

あれから十日たっていた。

あの時の事務所での工藤の様子を見る限りでは、瑛子の原稿に不満を抱いているのは明らかだった。当然だと思う。流実子が読んでも面白くなかった。むしろ、流実子が面白くならないように手を加えたというところもないでもない。

今なら、と思った。今なら、流実子の原稿にきっと工藤は興味を示してくれる。これはひとつのチャンスだ。

交換台を通して、工藤が電話口に出た。

「私、内島流実子です」

名乗ると「え、流実子ちゃん」と、驚いたような工藤の声が返って来た。

「どうしたの?」

「もし時間があるなら、夕食にお誘いできないかなぁと思って。前に、ご馳走《ちそう》していただいたお礼です」

工藤が軽く笑う。

「いいんだよ、そんな気を遣わなくても」

「都合、悪いですか？」

「いや、そんなことはないけど。ちょっと今は手が放せなくてね」

「待ってますけど。ご迷惑じゃなかったら」

「迷惑なんてことはないよ。でも、二時間はかかるけど、それでもいいかい？」

「もちろんです。私は本屋さんででも適当に時間をつぶしてますから」

「そうか、じゃあ悪いけどそうしてもらおうか」

工藤は、待ち合わせの場所を言った。

「わかりました、二時間後にそこに行ってます」

「それにしても、光栄だね。こんなオジサンが、流実子ちゃんみたいな可愛《かわい》い女の子から夕食に誘ってもらえるなんて」

「工藤さん」

「うん？」

「私はもう女の子じゃないし、工藤さんのこともオジサンだなんて思ってません」

工藤が一瞬、言葉に詰まった。

「じゃあ、二時間後に」

流実子は受話器を置いた。

時間などすぐだった。大型書店は並んでいる本の種類も量も豊富で、少しも退屈することはなかった。エッセイのコーナーには、たくさんの本が並び、流実子は気になる何冊かを買った。これからも書いていきたいと思うなら勉強も必要だ。

もちろん、瑛子のエッセイも並んでいた。ポップが立てられ「注目度NO1」と書かれてある。本の量も減っていた。確か先週のノンフィクションの売り上げベスト10に入っていた。

それは私だったかもしれないのに、と流実子は思う。

そうだ、そのすべては本来、流実子が手にすべきものだった。それを考えると身体《からだ》が熱くなり、悔しさが喉元《のどもと》にまでこみあげて来た。

流実子が手にしている書類ケースには、書き上げた原稿が入っている。

実のところ、この原稿を流実子はこの十日の間にいくつかの出版社に持ち込んでいた。けれども、どこも相手にしてくれなかった。誰からの紹介もない、ただの無名の女が書いたものなど、目もくれやしないのだった。

「うちは、持ち込みは扱ってませんから」

と、門前払いをくらうか、

「ああ、持ち込みね。そこ置いておいて」

と、つっけんどんに言われてしまう。

そこ、と言われた場所を見ると、まだ読まれていない原稿がゴミのように積まれていた。

つまり、このゴミのひとつにこの原稿もなるわけだ。原稿の返却はない。返事はいつになるかわからない。そんな対応の仕方しかしない出版社ばかりを見て、とても無理だと思った。こうなったら、やはり工藤しかいない。

決して月にはならない。私は自分が輝きを放つ太陽になる。そのためにはどんなことでもする。そう、どんなことでも。

❄

透が帰って来た時はもう、午前二時を過ぎていた。

侑里はアパートの階段を登る足音を耳ざとく聞きつけ、すぐにドアを開けた。

「おかえりなさい」

透はちょっと驚いたような顔をして、部屋の中に入って来た。

「何だ、起きてたのか。寝ててもいいのに」

「おなかすいてない？　何か作ろうか」

「いや、いい。風呂《ふろ》に入るよ」

透はセカンドバッグを机に置き、服を脱ぎ始めた。侑里はそれらをハンガーにかけた。

服からは運送屋の頃とは違う匂《にお》いがした。汗と埃《ほこり》の代わりに、煙草《たばこ》とお酒の匂い。そして夜の匂い。それは透と知り合った頃に、身体にまつわりつかせていた匂いとどこか似ていた。

お風呂から上がって来た透は、冷蔵庫から缶ビールを一本取出し、立ったまま飲んだ。

侑里は何もすることがなくて、部屋の真ん中に座ったまま、透の姿を見ていた。

「起きて待ってることないから」

「え？」

「帰りが遅い時は、先に寝ていて構わないから」

「平気よ。日中は何もしてないんだもの」

「でも、待ってられると、気が重いんだ」

その言葉に、侑里は思わず顔を向けた。

「どうして？」

「どうしてって、何だよ」

「どうしてそんなふうに思うの。透は朝はぎりぎりまで寝てるし、ここのところ休みも仕事が入ることが多いでしょう。私は少しでも、話せる時間を持ちたいと思ってるから起きてるの」

透がからになったビールの缶をくしゃりとつぶした。

「侑里、何かしたら？」

「何かって？」

「また、バイトでも始めるとかさ。前に行ってた本屋、もう一度雇ってくれないのか」

「だって、あそこは……」

手が荒れるから辞めろと言ったのは透ではないか。

「本屋じゃなくたっていいさ。バイトならいろいろあるだろう。一日中、家でぼんやりしてるより、ずっといい」

「そうね」

塞《ふさ》いだ気分で、侑里は頷いた。

「それとさ、もうちょっと自分に構ってもいいんじゃないかな。言いたかないけど、侑里、最近おばさん臭くなったよ。化粧もしないし、服もいつもジーパンにシャツばっかりだろう。OLの時みたいな格好をしろとは言わないけど、もうちょっとどうにかしてもいいんじゃないか。そりゃあ俺の給料じゃ、大した服も買えないだろうけど」

「そうじゃないわ。今は新しいアパートに変わるために、みんな貯金してるの」

「それもいいけど、帰って来て、所帯やつれした侑里の顔はあんまり見たくない」

そう言って、透はひとつ伸びをすると、隣の部屋へ行きベッドの中に潜り込んだ。

「おやすみ」

「おやすみなさい」

侑里は電気を消し、玄関の鍵《かぎ》を確認し、お風呂の換気のために窓を少し開け、火の元を確かめた。

キッチンのガラス窓から、廊下の蛍光灯の明かりがぼんやり差し込んで来る。侑里は流し台に手をついて、しばらくじっとしていた。

透の言葉がざらついた感触を持って、侑里の気持ちに張りついていた。あんな言い方をしなくても、と思う。おばさん臭くなったなんて言われたら、やはり傷ついてしまう。

そんなふうに思っていたなんて少しも気づかなかった。お金を服や化粧品にかけないのも、怠惰でそうしてるわけではなく、侑里は侑里なりに、透が働いて持って来てくれるお給料を無駄に使ってはいけないと気を遣って来たつもりだった。なのに、そんな私の気も知らないで……。

いいや、と侑里は首を振った。小さな行き違いなど、どこにでもある。こんなことぐらい大した問題じゃない。つまり透は、侑里にそれだけ気を遣ってくれているということだ。まだ生活に慣れないふたりは、こうやって絆《きずな》を強めてゆくに違いない。

ベッドに近づき、侑里は透の寝顔を覗《のぞ》き込んだ。子供のような無防備な表情で、透はもう深い眠りにおちている。

愛している、と思う。私にはこの人しかいない。この人を失ったら、後はもう何もない。

淳子から電話が入ったのは、八月に入って最初の土曜日だった。

西日が容赦なく差し込むアパートは午後になるとうだるような暑さだ。年代もののクーラーがあるにはあるのだが、ぶんぶんと大きな音をたてるばかりで、ほとんど役にはたっていなかった。思い切ってエアコンを買おうとも思うのだが、やはりもったいない。

電話は二時過ぎに鳴った。

「私よ、淳子」

と、名乗られて、侑里はしばらく誰のことかわからなかった。淳子と会った時のことは、もうあまりに遠い日のように思われた。

「えっ、淳子なの。どうしたの」

「急だけど、今から、そっちにお邪魔してもいいかしら？」

「もちろんいいけど、どうしたの？」

「ちょっと侑里の顔が見たくなったの。透は？」

「仕事に出てるわ」

「よかった」

「どうして、透もきっと会いたがるわ」

「できるなら、今日は透とは顔を合わせたくないの。じゃあ、今から行くから」

「場所、わかる?」

「ええ」

三十分後に、大きなボストンを抱えて淳子が現われた。部屋に入ると、すぐにクーラーの前に行き、ブラウスの襟をぱたぱたさせて風を送り込んだ。

「これ、あんまり効かないわね」

「ごめんね、もう古いから」

侑里はアイスティーを用意し、テーブルの上に置いた。淳子はそれを一気に半分ほど飲み、ふうっと息をついた。それから侑里の顔をまじまじと見つめた。

「まさか、こんなことになっちゃうとはね」

侑里もまた、アイスティーを口に運んだ。

「淳子にはちゃんと話さなきゃと思ってたんだけど、何だかめまぐるしく時間が過ぎてしまって。やっぱり驚いた?」

「当たり前じゃない。式の直前になって延期の通知が届いたでしょう。それで慌《あわ》てて家の方に電話したら、お母さんは侑里はしばらく親戚《しんせき》に行ってるって言うし、連絡先を聞いても教えてくれないし、いったいどうなっちゃったのかさっぱりわからなかったわ」

そして、ひとつため息をついた。

「こんなことになるんだったら、あの時、透と会わせるんじゃなかった。そのこと、すごく後悔してる。侑里はもう、完全に透をふっ切ってると思ってたものだから」

「私もそう思ってたんだけど……」

淳子は小さく息を吐き出した。

「ううん、ごめんなさい。本当言うとわかってたの。侑里がまだ何となく透にこだわってるってこと。だから私、ちょっと意地悪しちゃったのよ。結婚前の幸せそうな侑里に嫉妬《しっと》してたのかもしれない。少し悩ませてやろうなんて。でも、ほんの悪戯《いたずら》心だったの。まさか、こんなことになるなんて。私、侑里の幸福をメチャクチャにしちゃったのよね」

侑里は首を振った。

「それは違うわ。あのまま結婚しないでよかったと思ってる。してたら、きっとこんな気持ちは味わえなかったと思うの。私は今、透と暮らして本当に幸福よ。淳子には感謝してるんだから」

「本当に？」

「もちろんよ」

「だったらいいけど」

淳子はアパートの中を見回した。

これで？　とその態度が語っている。これで本当に幸福なの？　狭い部屋、安物の家具、ベランダには洗濯物が並び、クーラーはぶんぶん鳴っている。お洒落《しゃれ》とはほど遠いその格好。

けれども、淳子はそのことに対してはそれ以上は何も言わなかった。思い出したように、ボストンを侑里の前に差し出した。

「実は、これを届けに来たの」

「なに？」

「侑里のお母さんから頼まれたの」

「え……」

侑里は思わず淳子の顔を見直した。

「開けてみて」

「ええ」

ボストンバッグには夏物の洋服や化粧品、侑里が日常使っていたこまごましたものが入っていた。

その中の白いワンピースを、侑里は手にした。これは婚約が決まった時、母と一緒にデパートでオーダーしたものだ。新婚旅行先で着る予定だった。生地は母が選び、デザインは侑里が選んだ。いつだってそうやって母と一緒に何でも選んで来た。これからもこんな母娘《おやこ》関係がずっと続いていくのだと思っていた。

ふと、いちばん奥底の封筒が目につき、手にした。中には侑里の通帳と印鑑、それにキャッシュカードが入っていた。すべてを捨てて出て来た侑里は、当然、それらも家に置いて来た。破棄にかかるお金をそれで払って欲しいという気があった。けれども通帳の残高はそのままだった。いや、むしろ増えている。母が入金してくれたに違いなかった。

侑里は思わず涙ぐみそうになり、淳子から顔をそらした。

「おばさん、侑里の居所がわからなくて、散々迷った挙げ句、私に連絡して来たのよ。私なら知ってるんじゃないかって。それを私に聞くの、つらかったと思うわよ。できることなら、隠しておきたかったろうなって。それで、このボストンバッグを頼まれたの。ねえ、一度帰ってあげたら。ご両親も心配してるわ。おばさん、待ってるのよ。侑里の顔を見たいのよ。当然よ、あんなに仲がいい母娘だったんだもの」

侑里は指先で涙を拭《ぬぐ》った。

「今度、行くわ。透と一緒に。ちゃんと許しを得たいって透も言ってるの。そのために、透は仕事も変えて頑張ってくれてるの」

淳子はようやく表情を和らげた。

「そう。なら安心だわ。色々あったけど、ご両親も会えばきっとわかってくれるわ、親子なんだもの」

「そうね」

侑里は頷いた。

その日、透はめずらしく夕方に帰って来た。淳子が帰ってから三十分くらいしてからだ。

今日も遅いと思って食事の用意をしていなかったので、侑里は慌てて冷蔵庫を覗いた。

「ごめんなさい、何にもなくて」

「じゃあ、たまには外で食うか」

「いいの」

「最近、ふたりで出掛けたことなんてなかったものな」

思わず、侑里ははしゃいだ声を上げた。

「うれしい。待って、すぐに着替えるわ」

侑里はさっそくボストンバッグにあった白いワンピースに着替えた。

「どうしたんだよ、それ」

透が驚いて、侑里を眺めている。

「ちょっとね。どう、似合う？」

「うん。こうして見ると、やっぱり侑里もなかなかだな」

「でしょう。ねえ、早く行きましょうよ」

いそいそと侑里は透の腕を取り、アパートを出た。

透はのんびり歩きながら、鼻歌など歌っている。今日はとても機嫌がいい。侑里はホッとしていた。もともとお天気屋のところがある透だった。虫の居所を悪くすると、どう接していいかわからなくなる。

最近、疲れているせいか、侑里が話し掛けてもろくに返事もしない時があり、気を遣う日々が続いていた。でも今日は違う。ここにいるのは暮らし始めた頃の透だ。

食事と言っても、近くのファミリーレストランだ。それでも侑里は満足だった。こうしてふたりでゆっくりと向かい合うのは久しぶりだ。新しい仕事に変わってから、顔を合わすのは慌ただしい朝の十五分ほどと、帰ってから寝るまでのほんの少しの間だけだった。

「仕事、どう？」

窓際《まどぎわ》の席に案内され、ふたりは腰を下ろした。

「うん、なかなか面白いよ。そこさ、業界紙のくせに、今まで演劇を実際に経験した奴《やつ》が誰もいなかったんだ。だから主催者や役者に取材しても、どうもピントがズレたりしてたんだよ。でも、俺ならどういうことを聞けばいいかポイントがわかるだろう。役者には役者の、監督には監督の、裏方には裏方の、いろいろあるんだよ、苦労とかさ。編集長にも結構期待されてるんだ」

「本当によかったわ、透にぴったりの仕事が見つかって」

「まあな」

ウェイトレスがオーダーを取りに来た。

「俺、ハンバーグ和風ソースセット。ライスは大盛りね」

「私は、白身魚のフライ。セットはパンにしてください」

窓のすぐ外は環状七号線が走っている。年がら年中渋滞の状態だ。今日は土曜日だからトラックより普通車が多い。このファミリーレストランも、家族連れでいっぱいだった。

小さな子供は席にじっとしていられるはずもなく、店内を駆け回っている。以前の自分なら、眉《まゆ》をしかめただろう。子供は嫌いじゃないが、うるさく騒いだり、汚い手をくっつけられたりすると、つい顔をしかめた。けれど今は微笑《ほほえ》ましく感じる。いつか自分たちの子供もあんなふうに元気ではしゃぐのかと思うと、愛《いと》しい気分になる。

「ねえ、透」

「うん」

「そろそろ、ちゃんとしない？」

「ちゃんとって？」

「籍を入れて、結婚するの。両親にもふたりのこと認めてもらいましょう。私も透のご両親とも会いたいし」

「うちのはいいさ、別に」

「そんなことない、大切なことよ。一度は田舎に行って、ご挨拶《あいさつ》したい」

透が水の入ったグラスを口に運んだ。

「どうして急にそんなこと言い出すんだよ」

「今日ね、淳子が訪ねてくれたの。母から頼まれたボストンを持って。このワンピースはその中に入ってたの。淳子から、両親がすごく心配してるって言われたわ。私もいろいろ考えたの。やっぱりこのままじゃいけない。もう透はちゃんとした仕事についているんだし、ふたりで説得すれば、きっと許してくれるわ」

「ああ、そうだな」

透は窓の外に視線を向けたまま頷いた。

「どうしたの？」

「え？」

「何だか、気のない返事」

「そんなことはないさ。行くよ。行かなきゃいけないってことはわかってる。ただ、今は仕事が忙しいからもう少し先にしたい」

「ほんの二、三時間でいいの。顔を出して頭を下げて。遠い所に住んでるわけじゃないんだもの。許してさえもらえば、これからいつだって出入りできるんだし」

透はふと、侑里を見つめた。

「何でそんなに急ぐんだ」

「別に急いでるわけじゃないわ。ずっと気にかかっていたことでしょう」

「母親から荷物が届いて、里心がついたのか。確かに俺の給料じゃ、そんな服も買えないもんな。住んでるとこだって、ひどいボロアパートだし。前の生活が懐《なつ》かしくなって当然さ」

「違うわ、そんなんじゃないわ。そんなことを言ってるわけじゃないの」

「そうかな」

「どうしてそんな言い方するの」

侑里はテーブルに身を乗り出した。

最近、こういった行き違いが時々起きてしまう。透にそんな解釈をされるなんて考えてもいなかった。むしろ、喜んでくれるとばかり思っていた。両親の許しを得るのは、ふたりが一緒になろうと決心した時からの約束だった。突然ではなく、むしろ遅いぐらいだ。

なのに、透の表情からはさっきまでの機嫌のよさは消えている。言い方が悪かったのだろうか。何か透の気に障《さわ》るようなことを言ったのだろうか。侑里にはわからなかった。

その時携帯電話の呼び出し音が鳴り始めた。透が隣りの椅子《いす》に置いていたセカンドバッグの中からそれを取り出した。

えっ、と思った。

「はい」

通話ボタンを押して、透が短く答える。

「ああ、はい。ちょっと待ってください、今、場所を変えますから」

透は侑里を見ないまま席を立って、外に出て行った。

携帯電話を持っているなんて、全然知らなかった。

それだけじゃない、透の持ち物はどんどん増えている。たとえば見慣れないジャケット、腕時計、シャツ、ライター、靴。

仕事柄、前のようなわけにはいかず、ある程度きちんとした格好をしなければならないのはわかる。だからそういったものを買うことが無駄遣いとは思っていない。実際、侑里に渡すお金がそれで少なくなったというわけではないのだから、文句を言う気もない。

けれど、そうやって透が知らない持ち物を増やすたび、知らない透が増えてゆくような気がして、侑里はどこか淋《さび》しかった。

透を振り向くと、彼はドアの外に立って、携帯電話を耳に押しつけ、笑いながら話している。何だかすごく楽しそうに見えた。

食事が運ばれて来た。お皿が並べられる。透はまだ電話を続けている。侑里は待っている。一緒に食べたいと思う。透が笑っている。料理がどんどん冷めてゆく。それでも透は戻って来ない。

＊

工藤が待ち合わせに指定したティールームは、駿河台《するがだい》にある古い洋館の中にあった。

クラシックな噴水がある庭を囲むように建てられていて、一階はティールーム、二階はギャラリーになっている。

流実子は中庭に面した席に腰を下ろした。

噴水にはライトが当たり、それに反射して雫《しずく》がきらきらと光っている。環境音楽か、それとも流行《はや》りのリラクゼーションなのか、耳に残らない程度のBGMが流れている。見上げると、中庭を挟んだ向かい側に二階のギャラリーが見え、人影が窓際にシルエットとなって動いている。ほんの少し裏通りに入っただけなのに、街の喧騒《けんそう》はまったく感じられない。ここが東京の真ん中だなんて忘れてしまいそうだった。

工藤が姿を現したのは、それから三十分も過ぎていた。

「いやぁ、ごめんごめん、すっかり待たせちゃったね」

流実子は顔を向けた。

「いいえ、無理言ったのは私の方ですから。それにこのティールームがあんまり素敵だから、時間のことなんてすっかり忘れてました」

工藤が満足そうに笑った。

「だろう。僕のとっておきの店なんだ。ひとりでぼんやりしたくなった時や、特別な人と会う時には、必ずここに来るんだ」

特別な人、そのセリフが少しばかり胸をくすぐった。

「ところで、何かあったのかな？」

「そういうわけでは」

「でなきゃ、僕みたいなオジサンを誘うわけがない」

「何かないと、誘っちゃいけないんですか」

「もちろん、そんなことはないけどね」

「それから、さっきも電話で言いましたけど、私、工藤さんのことをオジサンなんて思ったこと一度もありませんから」

工藤は目を細めた。

「ありがとう、嬉《うれ》しいよ」

ふたりは十分ほどで、ティールームを出た。工藤に案内された店は、こぢんまりとした小料理屋だった。予約を入れておいてくれたらしく、すぐに仲居に奥のお座敷に案内された。

仲居がおしぼりを持って来て、工藤と親しげに言葉を交わす。かなり馴染《なじ》みの店らしい。工藤とふたりでおしながきを広げ、料理を選んだ。とりあえずビールということで、それで乾杯をした。

「ここは、うまい魚を食べさせてくれるんだ。流実子ちゃん、好き嫌いは？」

「何でもいただきます」

「じゃあとびきりの刺身を食べさせてあげよう」

ビールは一本だけ飲んで、その後は冷酒に変えた。強い工藤はどんどん飲む。それでも平気そうだ。流実子も弱い方ではない。自分の適量はわかっている。

他愛無い話の流れに乗って、流実子はさりげなく、瑛子のエッセイに話題を持って行った。

「工藤さん、あまり気に入ってなかったみたいですね」

「そうでもないよ。よく出来てる、さすがに先生だと思ったよ。ただ、内容が意外だったから、少し驚いただけさ」

　さすがに工藤だ、ソツのない反応をする。

「先生、何か言ってたかい？」

　いくらか探るような目を向けた。

「いいえ、別に」

「そうか」

「じゃあ、先生のエッセイはあのまま本になさるおつもりなんですね」

「いちおう、そうなるだろうね」

「いちおうって、どういう意味ですか？」

　工藤は苦笑した。

「挙げ足をとるつもりかい？」

「ごめんなさい、そういうつもりじゃないですけど」

「出版時期を見計らってるってことさ」

「そうですか」

　けれども、流実子にはその言葉がどこか言い訳のように聞こえた。

　もしかしたら、工藤は出版を迷ってるのではないだろうか。

「じゃあ今度は僕から聞かせてもらおう。流実子ちゃんは先生のエッセイどう思った？清書してるんだからみんな読んでるだろう」

「ええ、まあ」

「正直なところを聞かせてもらえると有りがたいね」

「私の口からはちょっと」

言葉を濁すと、工藤は困惑の顔をした。

「おいおい、そういうのを聞くと不安になってしまうじゃないか。読者層はまさに流実子ちゃんの年代なんだからね」

流実子は少し間を置いてから、まっすぐに工藤を見た。

「じゃあ言ってしまいますけど、私は、前の方が好きです」

うーん、と工藤は腕組みをした。

「前の方が面白かったし、読者と等身大で、たくさん共感できるところがありました」

「そうか、やっぱり流実子ちゃんもそう思ってるのか。実は、僕もなんだ。前の作品は実に若い女の子たちの気持ちを捕えていたと思う。やっぱり一作目にいいものを書いてしまうと、それを越えるっていうのは難しいものなのかもしれないな」

それから慌てて付け加えた。

「おっと、こんなこと僕が言ったなんて先生には内緒だよ」

「もちろんです」

流実子は冷酒のグラスを傾けた。工藤の言葉が自信を与えてくれていた。やはり一作目の方が面白い。流実子の書いたものだ。

「こんなこと聞いていいものかわからないんですけど」

流実子は上目遣いで工藤を見た。

「なんだい？」

「もしかして、先生と工藤さんは特別な関係ですか？」

工藤が目をしばたたかせた。

「それ、どういう意味？」

「たとえば、おふたりは恋人同士とか」

工藤は吹き出した。

「やだなぁ、何を言い出すのかと思ったら」

「違うんですか？」

「当たり前だろう」

「でも、先生は美人だし、頭もいいし、先生に惹《ひ》かれない男の人なんていないと思います」

工藤はゆったりとした笑みを浮かべた。

「確かにそうだろうね。とても魅力的な女性だと僕も思うよ。でもね、僕は仕事上の付き合いのある相手とは、決して深入りしないようにしてるんだ」

「それは編集者としてのプロ意識ですか」

「そう言うと聞こえはいいが、僕は結構、情けないところがあってね。情が移ると、つい流されてしまうんだよ。もし作家とそういう関係になったら、冷静な判断ができなくなる。どんな作品が来てもほいほい本にしてしまうかもしれない。そうならないようにと、自己防衛してるってわけだ」

半分は冗談だろうが、半分は本気だろう。

「先生にはちゃんと恋人がいるじゃないか」

「えっ」

流実子は工藤を見直した。

「そうなんですか？」

「おっと、まずいこと言っちゃったかな。これも内緒だよ。何だか、今日は内緒のことばっかり喋《しゃべ》ってしまうな」

「工藤さん、先生の恋人、知ってるんですか」

「まあね、前にちょっと会ったことがある」

「そうだったんですか。でも、私、それ聞いて安心しました」

「どうして?」

「工藤さんと先生が何でもなくて、本当によかった」

向かい側で、工藤がグラスを持つ手を止めて、戸惑ったような表情を浮かべている。

流実子はうつむいて、自分の膝《ひざ》を見つめた。今、工藤に自分がどういうふうに映っているか、また工藤がどういうふうに自分を見ているのか、ちゃんとわかっていた。

ホテルのバーに誘ったのは、流実子の方だった。

一軒目は結局、工藤が払うと言い、それでは気が済まないからと、流実子が誘ったのだった。断られることはないと、その時はもう自信があった。工藤の態度は、編集者としてよりも、男としての部分が強くなっているように感じられた。

窓からは東京の夜景が見下ろされる。人の数より、もしかしたらもっと多い光の数。それに負けてしまったように、夜空に星は見えない。遠慮がちに月が浮かんでいるだけだ。場所を変えると、あまり話すことがなくなってしまい、途切れがちな会話が、ふたりの間にぎこちない雰囲気を漂わせた。

「何だか、今夜はすっかり酔っ払ってしまったな」

工藤が言った。

「私も」

流実子が答えた。

工藤は腕時計を覗《のぞ》き込んだ。

「さあ、そろそろ帰ろうか。若い女の子をあまり遅くまで引き止めちゃいけないからね」

「工藤さん」

「うん」

やはりどきどきした。今から自分がしようとしていること。けれど、もう後には退《ひ》けない。

「私、帰りたくありません」

流実子は工藤の顔を見ないで言った。工藤からは何の返事も返って来ない。流実子は待った。待ちながら、続けて何か言うべきか迷った。こんな時、言葉を重ねた方が効果的なのか、それとも黙ったままの方が。

「大人をからかっちゃいけないよ」

工藤が呟《つぶや》くように答えた。

「そんなつもりありません」

小さく、でもきっぱりと流実子は言った。

「工藤さんから見ると、私なんてほんの小娘ですか」

流実子は今度は顔を上げて、まっすぐに工藤を見た。工藤は落ち着いた表情をしていたが、水割りのグラスを回すその指が狼狽《ろうばい》を物語っていた。

「私、これでも勇気をふり絞ってるんです」

「……」

「迷惑なら、ここに私を残して、先に帰ってください」

しばらく沈黙があった。これで工藤が席を立ったら、あきらめようと決心していた。また一からやり直しだ。作戦を練って、今度はどんな方法で。

工藤が立ち上がった。流実子は目を閉じた。

「部屋をとって来よう」

工藤の声が耳元で聞こえた。

大人の男というのは、こういうものだろうか。

工藤のセックスは実に巧妙だった。達彦とも違う。今まで付き合ってきたどの男とも違う。工藤の舌が思いがけないところを這《は》い、流実子はたまらず声を上げる。指先が身体《からだ》の奥深くにあるその一点を確実に捕える。工藤は流実子が自分でも知らなかった感じる部分を教えてくれる。無理な姿勢をとらせたり、要求したりもしない。こんなにも穏やかで、そして濃厚なセックスは初めてだった。

やがて、吐息と体温でしっとりと温まったシーツにくるまれ、流実子は工藤とベッドに横たわっていた。そして流実子は、熱い身体を持て余しながらも、自分が次にするべきことを頭の中で考えていた。

「何だか、少し罪の意識がある」

工藤が言った。

「どうして？」

「こんなことをしてしまっていいんだろうかって」

「ずっと気になってたの、工藤さんが初めて事務所にいらした時から」

「………」

「だから私」

そこで流実子は小さく深呼吸した。

「だから私、一生懸命書いたの。少しでも工藤さんに喜んでもらいたくて。確かに、工藤さんは喜んでくれた。でも、私にじゃない。みんな先生のものになった」

工藤が頭をもたげた。

「何のことを言ってるんだ」

「まさか、あんなふうに使われるなんて思ってもいなかったの。ほんの少し参考にするだけだって言うから、原稿を渡したの。そうしたら、出来上がった本はほとんど私が書いたものだった」

「もしかして……」

「あの一冊目のエッセイは私が書いたと言っていいものです」

工藤の頬が強《こわ》ばっている。

「本当なのか……」

「疑ってるんですか？　私が口から出まかせを言ってるって」

「いや、そんなわけじゃないが」

「二冊目も同じように頼まれました。でも、それには手を加えなかったんです。どうせまた、同じことをされるのはわかってますから」

「それであの原稿になったってわけか」

「そうです」

「参ったな……」

けれども、工藤はまだ流実子の話を全面的に信用しているようには見えなかった。流実子はベッドを抜け出すと、バスローブを羽織り、椅子に置いてあった書類ケースを手にした。

「これを読んでみてくれませんか」

中から茶封筒を取り出し、工藤に差し出した。

「何だ」

「私が書いたエッセイです。これを読んでくれたら、私の言っていることが本当かどうかわかるはずです」

工藤は流実子を凝視する。その目はひどく緊張していた。

「もしかして、君は最初からそのつもりで僕と寝たのか」

「まさか」

「しかし」

「ひどいわ……」

流実子は原稿を胸に抱えたまま一歩後ずさった。

「いや」

「そんなふうにとられるなんて思ってもみませんでした。私、そんなに計算高い女に見えますか」

「そうじゃないが……」

流実子は背を向けた。

「もう、いいです。私が馬鹿《ばか》でした。このことは誰にも言わないつもりだったんです。でも今夜、工藤さんとこんなふうになって、きっと私の気持ちをわかってもらえると思って、つい甘えてしまったんです。いいんです、もう。今の話はみんな忘れてください」

流実子は茶封筒を書類ケースに戻した。

「ちょっと、待ってくれ」

工藤が慌《あわ》ててベッドから起き上がり、流実子の背後に立った。

「悪かった、君を傷つけるつもりはなかったんだ。ただ、驚いてしまって。あんまり思いがけない話だったから。とにかくその原稿は読ませてもらおう。話はそれからだ」

流実子の頬に笑みが浮かんだ。

「本当ですか」

と、工藤を振り返った時には、もちろんそれはいたいけな女の表情にすり替えていた。

「ああ、悪いようにはしない。安心して僕に預けてくれ」

工藤が力強く頷《うなず》く。

「嬉しい」

流実子は工藤に抱きついた。

❄

今朝、透はひと言も口をきかないまま仕事に出て行った。

昨夜のことを怒っている。そんなに悪いことをしたのだろうかと、侑里は思う。透がお風呂《ふろ》に入っている時に鳴りだした携帯電話に、侑里が出てしまったことだ。

「透くん？」

ボタンを押すと、女の声が聞こえた。

「主人は今、ここにはおりませんが」

侑里が答えると、電話は切れた。すぐに風呂から透が飛び出して来た。呼び出し音が聞こえたのだろう。

「切れちゃった」

そう言いながら振り向くと、透は黙ったまま侑里から携帯電話を取り上げ、電源をオフにした。セカンドバッグに戻し、風呂に戻って行く。透は「誰からだった?」とは尋ねなかった。それはすでに相手が誰だかわかっているからではないかと思った。

透くん?

電話の声が耳に残っている。甘えたような、自信たっぷりのような、女の声。

朝食の後片付けをしながら、侑里はいたたまれない気持ちにかられた。

何かが変わり始めている。そんな時に、こんなことをしていていいのだろうか。茶わんを洗っていたり、部屋の掃除をしている間に、取り返しのつかないことになってしまうのではないだろうか。

透が見えなくなってゆく。何をしているのか、何を考えているのか霞《かす》んでゆく。

侑里は自分の立場というものを改めて考えた。まだ籍には入ってない。妻ではない。左指には指輪をしていても、岡部という名を名乗っていても、法律的には他人でしかない。

そんなことはどうでもいいと思っていた。手続きよりも、大切なのはふたりの気持ちだ。でもこうしていると、自分があまりに中途半端《はんぱ》に思えた。もし透が不意に消えてしまったら、どうしたらいいのだろう。実家にも帰れない。職もない。自分を守ってくれるものは何もない。ひとりだ。

それから三日間、透は不機嫌な状態を続けた。

侑里は侑里なりに、話し掛けたり笑顔を向けたりしたのだが、ほとんど一方通行に終わった。この状態を修復しようという透の意志は、まったくといっていいほど見えなかった。夜と朝、顔を合わせても、そこにはただ冷たい無言だけがあり、侑里はだんだんとささくれだってゆく自分の気持ちを持て余すようになっていた。

透が仕事で家を出てゆくと、ホッとした。そのくせ、さまざまな想像と憶測が侑里を苦しめた。

透くん?

あの甘い声が耳元でリフレインされる。

もしかして、こうしてアパートでじっとしているのがいけないのだろうか。バイトにでも出れば気が紛れるのだろうか。

そう考えて就職情報誌も買って来た。けれども、ぱらぱらとページをめくるだけで、何もする気は起こらなかった。

また、あの声が繰り返される。

透くん？

愛してるわ。早く会いたい。すぐここに来て。私を触って。

想像で頭の中が窒息してゆく。


翌日、透は朝食に手をつけなかった。昨夜かなり飲んで帰って来たせいか、顔色も悪く頭痛もしているようだ。

「食べないの？」

「ああ」

短く答えて、透は着替え始めた。

「せっかく作ったのに」

並べた料理を見ながら、侑里は呟いた。それを耳ざとく透は聞きつけた。

「恩きせがましく言うなよ」

侑里は思わず顔を向けた。

「二日酔いなんだ、見ればわかるだろう」

私がいったい何をしたというのだ。

やっとの思いで保っていた何かが、その時、音をたてて弾《はじ》けていた。

「行くよ」

透がドアへと向かった。

「待って」

侑里は叫んだ。

「何なの、これって。いったいどういうことなの。私が携帯電話に出たのが、そんなに気にくわないの」

透は侑里に背を向けたまま答えた。

「関係ない」

「だったら、どうして口をきこうとしないの」

「ききたくないからさ」

「だから、どうして」

透はゆっくりと振り向いた。

「どうしてってばかり聞くなよ。ききたくない、それだけさ」

侑里は机をこぶしで叩《たた》いた。お皿がはねて卵焼きが飛び出し、味噌汁《みそしる》がこぼれた。

「何なのそれ、いったいどういうことなの。どうしてそんなに変わってしまったの」

「変わった？　俺が？　だとしたら、侑里も同じだろう」

「私が変わった？」

「いつも俺を不満そうな目で見てばかりいる。なんで、どうしてって。やめてくれよ」

「私がいつ、そんな目をしたっていうの」

「いつもだよ、こうして朝出る時も、帰って来た時も、いつも、いつも」

「だったら、そうさせているのは透だわ」

言ってはいけない、と思った。これ以上、言ってはいけない。ますます状況を悪くするだけだ。たぶん口喧嘩《くちげんか》ではすまなくなる。もっと決定的なものに踏み込んでしまう。それがわかっていながら、侑里の口は止まらない。

「私は何もかも捨てて来たのよ。透が結婚したいと言うから、婚約を破棄したの。両親が反対してるのを振り切って飛び出して来たの。仕事だってやめた。欲しいものも我慢してる。そのこと、透はいったいどう思ってるの」

言いながら、侑里は自分の口を呪《のろ》っていた。それは透の気持ちをますます遠ざけるばかりだということはわかっている。わかっているのに、一度溢《あふ》れだした言葉はもう自分の力では止められなかった。侑里はひどい後悔と自己嫌悪《けんお》に陥りながら、それでも透に向かって言葉を吐き続けた。

「なのに、透は何もしてくれない。私のことなんか放っぽりだして、自分のことばっかりに夢中で。いつになったら両親に挨拶《あいさつ》に行ってくれるの。籍はどうするの。ウェディングドレスは、住む所は、将来は」

「全部、俺のせいか」

透はかすれた声で言った。

「俺がすべて悪いのか。確かに一緒になってくれと俺は言った。けど、選んだのは侑里だ。家を出たのも、自分の意志だ。イヤなら、俺んとこなんか来なければよかったじゃないか」

「今さら、今さらそんなことを言うなんて」

「言わせてるのは、侑里だ。それがわからないのか」

「女ね」

「え？」

「女なんでしょう。あの電話の女」

「いい加減にしろ」

透がドアに手を掛けて、出てゆこうとする。侑里は走り寄り、その腕を摑《つか》んだ。

「都合が悪くなったら、すぐ逃げるのね。ちゃんと話して。私には聞く権利があるはずよ」

「放せ」

透が振り払おうとする。けれど侑里は放さない。

「答えて。誰なの？　どこの女なの。私、乗り込んでやる。乗り込んで言ってやる、私の夫に手を出すなって」

気がついた時には、侑里の身体は後ろに跳ね飛ばされていた。頬が熱かった。殴られたのだと、その時になって初めて気づいた。痛みより、ただ茫然《ぼうぜん》としていた。父にも殴られたことはなかった。

透が床に倒れている侑里を見下ろしている。その目に、温かさはすでになかった。透が部屋を出てゆく。その夜、透は帰らなかった。

＊

流実子は連絡を待っていた。

もちろん工藤からの連絡だ。あれから三日たったのに電話もない。事務所にいても落ち着かず、家に帰っても気になって、おちおち風呂にも入っていられなかった。

瑛子は最近、出掛けてばかりいる。どうやら仕事ではないらしい。路江がすっかり頭を痛めている。

「参ったわ、行き先も告げないで出掛けちゃうんだから。これじゃ連絡もとれやしない。おまけに携帯はオフにしてるし。ああ、もう最悪。ほんと、男ができると瑛子は人が変わるんだから」

それから、慌てて口を押さえて、流実子を振り向いた。

「もう、聞こえちゃったわよね」

「はい」

デスクで流実子は肩をすくめた。

「まあ、熱が冷めるまで放っておくしかないわね。今はあの本の印税がたっぷりあるから、わがままさせているけど、目が覚めたらスケジュールしっかりいれて、遊んでた分も挽回《ばんかい》してもらわなきゃ」

それからゆっくりと路江は視線を滑らせた。

「流実子ちゃんもそうなの？」

「え？」

「もしかして、恋愛中？」

流実子は思わず目を見開いた。

「やだ、どうしてですか」

「ここのところ、心ここにあらずって感じよ。電話が鳴ると、飛びついてるし」

どきりとした。確かに毎日、工藤からの連絡を待っている。その態度が出てしまったのだろうか。

「まさか、そんなことあるわけないじゃないですか」

流実子は笑って答えた。

「そう？」

路江は背もたれに身体を預けながら、流実子を見つめている。椅子《いす》を左右に揺らし、口元にはうっすらと笑みを浮かべている。何だか見透かされているみたいな気がした。


その夜、ようやく工藤から電話が入った。

待ちわびた電話だった。どんな返事があるのか、受話器を持つ手にも力がこもった。

「連絡が遅くなって悪かったね」

落ち着いたいつもの工藤の声だ。

「結論から先に言おう」

「はい」

緊張が走る。

「とても面白かった。期待以上だったよ。先生の一冊目のエッセイを、流実子ちゃんが書いたってことがよくわかった」

「本当ですか、ありがとうございます」

喜びに、思わず上擦った声で言った。

「僕はこれを本にしようと思う」

聞きたかったのはそれだった。流実子は言葉に詰まった。興奮した時、言葉を失ってしまうというのは本当らしい。

「もしもし、聞いてる？」

ようやく答えた。

「はい、聞いてます」

「これなら間違いない、売れるよ。僕が太鼓判を押そう」

流実子の顔に笑みが広がってゆく。

私は勝ったのだ。もうゴーストライターなんかじゃない。月でもない。これで太陽になれる。私自身が光を発することのできる太陽に。

「それで、細かい相談もあるから、明日会いたいんだが、大丈夫かな」

「もちろんです」

「じゃあ、明日。この間のホテルで」

翌日、流実子は工藤とベッドの中にいた。

工藤が指定したのは、ホテルのロビーでもラウンジでもなく、部屋だった。けれど、もちろんそのことに抵抗はなかった。

あの夜の工藤の愛撫《あいぶ》を、流実子はまだよく覚えている。それだけではなく、工藤に対する自分の感情が微妙に変化しているのも、気付いていた。もし工藤がそう言わなかったら、きっと流実子の方から誘うことになっていただろう。

原稿の話をする前に、ふたりは抱き合った。そうしなければ、話ができなかった。

明らかに工藤も流実子もお互いを欲しがっていて、その空腹を満たさなければ、落ち着いた気持ちにはなれなかった。

前のベッドより、流実子はもっと強く感じることができた。自分の原稿が本になるという喜びが、流実子を解放していた。工藤の指には魔法の力がある。その指にかかると、身体のあらゆる部分が、尖《とが》ったり柔らいだり濡《ぬ》れたりした。

工藤は静かで、そしてタフだった。流実子は声を上げる。自分の声にかきたてられながら、いっそう欲深くなる自分を知っていく。

バスローブをまとった姿で向き合うのは何だか少し可笑《おか》しかった。それは工藤も感じているらしく、照れたようにビールを飲んでいる。

「本になるのは、たぶん二ヵ月後だ」

「工藤さん」

「うん」

「本当にありがとうございます。まるで夢みたい、私の書いたものが本になるなんて」

「これが売れれば、どんどん書いてもらうことになる。たった一冊で、浮かれてばかりはいられないよ」

「はい」

つまり次の作品も書いていいということだ。流実子は有頂天になった。

「おっと、タイトルがまだだったね。どういうのがいいかな」

「もう決めてあります」

「そうか」

「『とっておきの愛を見つける』どうですか?」

「うん、いいじゃないか。よし、それに決まりだ」

それから工藤はいくらか頬を引き締めた。

「それでだ、今の仕事のことなんだが。やっぱり事務所は辞めなければならなくなるだろう。先生と対抗するような形で出版することになるわけだしね。まあ流実子ちゃんだとわからないようにするために、ペンネームを使うって方法もあるが、それだっていつかはバレる。その時のことを考えて、やはり早いうちに辞めた方がいいだろう」

「それは私も考えていました」

何と言っても、一部分だが安井さんには文章を読まれている。たとえペンネームにしても、読めば流実子が書いたものだとすぐにわかってしまうだろう。

「本になる前に、辞めます」

「そうか、そうしてくれると僕も助かる。それから、これは流実子ちゃんには関係のないことだが、僕と先生の付き合いというものがある。さすがに、僕が流実子ちゃんの本を出したということになれば、先生とは気まずくなる。それでは困るんだ。僕個人というよりも、会社としてね。それはわかってくれるね」

「わかります」

「だから、君には他に担当者をつけることにする。それだったら先生には何とでも言い訳がつくからね。もちろん名目上のことであって、実質的には僕がすべてを手懸けるから、その点は心配しなくていい」

「わかりました」

「それから」

と言って、工藤はクローゼットを開け、ジャケットの内ポケットから封筒を取り出した。「これを」

「何ですか」

「五十万入っている。印税の前払いだと思ってくれればいい。事務所を辞めるとなれば、収入も途絶えるわけだし、いろいろと困るだろう」

「私、貯金ぐらい持ってます」

「いいんだ、どうせ本になったら渡すお金なんだ。少し前に貰《もら》っておいたからって、気にすることはない。これは会社としての投資みたいなものなんだから」

そうまで言われると、断るのも気がひけた。流実子はそれを手にした。

「じゃあ、頂いておきます。本当言うと、助かります」

「中に領収書が入っている。それにサインだけしてくれないか。経理の方に回さなければならないんでね」

流実子は、バッグからペンを取り出し、サインをした。

「それで、後、何か質問は？」

工藤が領収書をジャケットの胸ポケットにしまいながら言った。

「あの」

「うん」

「でも、これからも、時々はこうして会えるんでしょう」

工藤は頬を緩めた。

「それは、僕からのお願いでもある」

三日後、流実子は退職願いを路江に提出した。

瑛子は今日も外出中だ。その方が気が楽だった。

路江は流実子と届けを交互に眺めて、ゆっくりと顔を上げた。

「どうしたの、急に」

流実子はあらかじめ用意しておいたセリフを口にした。

「実は、母が身体《からだ》を壊して、帰って来てくれって言ってるんです。私も迷ったんですけど、親孝行のできるうちにしておこうと思いまして」

「そう」

「もちろん、次の方が決まるまで、ちゃんと勤めさせていただきます。引継ぎなんかも支障がないようにしていきます」

「わかったわ、お母さんが病気じゃ仕方ないものね」

あまりにもあっさり路江が言ったので、内心、拍子抜けした。何らかの形で、引き止められることになるだろうと考えていた。結局、それだけの価値しかなかったということなのだろうか。今まで一生懸命働いたつもりだ。瑛子の一冊目の本も、私のおかげで売れたようなものではないか。そのことに対しても、何かひと言ぐらいあってもよさそうに思う。

「先生には私から伝えておくわ」

「よろしくお願いします」

「さっそく、求人広告をださなくちゃね」

けれど、そういうふうにすべてを事務的に割り切れるというのが、いかにも路江らしいと言えばそうでもある。

流実子はデスクに戻った。ちらりと路江を見やると、何事もなかったかのように、仕事を始めている。三年半、ここで働いた。決して短い時間ではなかった。

自分は路江のようにはなりたくない。瑛子の光のおこぼれをもらっている月にはなりたくない。

二ヵ月後、流実子があのエッセイを本にしたことを知ったら、瑛子と路江はどんなに驚くだろう。裏切られたと思うだろうか。この事務所で、ふたりに世話になったことは感謝している。でも、それはすべてエッセイでチャラになったはずだ。

❄

不思議なことに、あれ以来、透とは穏やかな状態が続いていた。

あの狂ったような瞬間は、こうして過ぎてしまうと、まるでドラマの一シーンのように現実感がなかった。

何の連絡もなしに外泊した翌日、帰って来た透に侑里は何も言わなかった。透もそのことには触れなかった。

ふたりは久しぶりに向かい合って夕食をとった。侑里は今日のお天気と、テレビで観《み》た映画の話をした。透は仕事の話を少しした。笑ったし、冗談も言った。

そして侑里は気がついた。これがいちばんの方法であるということを。追い詰めない。言いたい言葉はみんな飲み込む。口にするのは、どうでもいいことばかり。そうすれば傷つくことはない。醜い自分を曝《さら》け出すこともない。これでいい。透とこうして向き合っていられるなら、考えるということを捨ててしまって構わない。

最近、侑里はよく街に出るようになった。最初はバイト探しのつもりで出掛けたのだが、ぶらついているだけでも気分が華やいだ。家のことを一通り済ませてしまうと、目的はなくても、渋谷や銀座や新宿に向かった。

その日、デパートの靴売場で、一足のサンダルを見つけた。白いエナメルのバックベルトで、あの白いワンピースにきっとよく似合うだろうと思った。値札を手にすると、二万四千円とついていた。高い。とても買えない。

でも、欲しい。

買物らしい買物など、ずっとしていなかった。透と住むようになってからスカート一枚だって買ってない。

その時に浮かんだのは、淳子が母から預かって来てくれた通帳だった。銀行の口座にはまとまったお金が入っている。キャッシュカードも持っている。サンダルぐらい、と思った。それぐらい買ってもバチは当たらない。あれはもともと自分のお金なのだ。

侑里はデパートの中にあるキャッシュコーナーに行った。機械の前に立って、財布の中からカードを取り出した。差し込む時、少し緊張した。二万五千円とキーを押した。パラパラと札を数える音がして、現金が出て来た。自分のお金なのに、まるで拾ったキャッシュカードを使ったように、侑里は辺りを見回し、こそこそと財布の中にしまった。

それから靴売場へと急いだ。

アパートに帰って白いワンピースに合わせると、サンダルは予想通りぴったりだった。すごく嬉《うれ》しかった。気分が晴れて、自然と笑みがこぼれた。

なんだ、と思った。簡単なことではないか。こんな簡単で楽しいことを、どうして自分は押し止《とど》めていたのだろう。

翌日、また買物に出た。バッグも欲しくなったからだ。バッグはトート型で持ち手が長く、肩にかけられるものがいい。色は赤かブルー。どうせなら思い切り鮮やかな方がアクセントにもなってくれる。

すぐに気に入ったのを見付けた。五万二千円。キャッシュコーナーでお金を下ろした。イヤリングも欲しい。ラインストーンをちりばめた可愛《かわい》いやつ。それからやっぱり洋服だ。ジャケットにスカートにブラウス。カーディガンも一枚。

侑里は毎日のように出掛けて買物をした。とにかく気分がよかった。一着買うと、すうっと胸のつかえが下りた。そして、また欲しくなった。

けれど、侑里はそれらを実際に身につけるわけではなかった。アパートに持って帰り、部屋で広げて、結局は押し入れの段ボールの中にしまってしまう。

もちろん、買物に行く時も着るわけではない。いつものコットンシャツにミニのタイトだ。どうして着たいと思わないのか、自分でもよくわからなかった。ただ買うだけで満足した。それだけで、帰りの遅い透に優しく「おかえり」と言うことができ、朝食を食べずに出掛けても「いってらっしゃい」と送り出すことができる。

侑里は今日も財布のキャッシュカードを確かめて、いそいそとアパートを出る。

さあ、何を買おう。

＊

岸田瑛子法律事務所を辞めたその日、流実子は自分のためにシャンパンを奮発した。部屋で栓を抜き、グラスに注いで高く持ち上げると、細かい泡が光の中で揺れながら立ち昇っていった。

「おめでとう」

自分に向かって言った。

「ありがとう」

自分に向かって答えた。

喉《のど》への軽い刺激と、芳醇《ほうじゅん》な香りを味わいながら、シャンパンをゆっくりと飲んだ。

嬉しくてたまらなかった。何もかもが今から始まる。前途は開かれたのだ。今までとは違う新しい人生が私を待っている。その期待と高揚が、アルコールと共に身体の隅々に広がってゆく。

後は本になるのを待つだけだ。装丁もどんな仕上がりになるか楽しみだった。「必ず売れる」と工藤が太鼓判を押してくれたことも心強かった。発売まであとひと月とちょっとだ。早くその日が来て欲しい。

今日、瑛子に辞める挨拶をした時、何も知らない瑛子はいつものように美しい笑顔を浮かべた。

「長い間ご苦労様。流実子ちゃんみたいな優秀な社員を失うのは残念だけど、理由が理由だけに仕方ないわね。せいぜい親孝行なさいね」

言葉は柔らかかったが、何の感慨も持っていないことはすぐに感じられた。

いや、辞表を提出した時から、瑛子は新しく来た女の子にだけ関心を向け、流実子をいないものとして扱った。ここに勤めて三年半、表面上はどれだけ親しく言葉を交わすようになっても、瑛子にとって流実子はただの従業員だ。だからこそあんなふうに利用したりもできたのだ。

流実子の本が出版された時、瑛子はどう思うだろう。あの整った美しい顔がどんなふうに歪《ゆが》み、あの上品な口元からどんな言葉が発せられるのだろう。それを想像するのは悪い気分ではなかった。

私はイヤな女だろうか、と流実子は思う。こんなことを考えるのは傲慢《ごうまん》だろうか。けれど、私が書いたものを黙って自分のものにし、そのことに何の罪悪感も持っていない瑛子よりずっと善人だ。

グラスを重ねるにつれ晴れ晴れとしてきた。こんな解放された気持ちは久しぶりだった。

流実子は幸福だった。それは誰から与えられたものでもなく、自分自身の手で勝ち取ったものだ。本が出版されたら、どんなにたくさんの人が驚くだろう。友人たち、同級生たち、実家の近所のおばさん、親戚《しんせき》、そして流実子をいつも姉と比較し、見下し、無関心だった母。

不意に実家に電話しようと思い立った。

母に聞かせてやりたかった。あなたの娘は、性格が悪く、ひねくれていて、反抗的で、可愛げがなく、いつもあなたを苛立《いらだ》たせ、嫌悪感を抱かせたかもしれないが、それだけではないということ。あなたは期待などいっさいかけなかったが、それ以上のものを手にしようとしていること。

流実子は受話器を手にした。

「もしもし、内島でございます」

すぐに母の声がした。

「私、流実子」

「ああ」

母の声は相手が流実子だったということで、どことなく落胆したかのように聞こえた。

「どうしたの?」

「私、仕事辞めたから」

「え……」

しばらく沈黙し、深いため息が聞こえた。

「あなたと来たら、どうしてそんな訳のわからないことをするの。昔からそう、我慢が足りない子だったわ。イヤになったら何でもすぐに放り出して。こんな不景気な時代に辞めて次のアテはあるの。こっちに帰って来ても、面倒はみきれないのよ」

「アテはあるわ」

「そう、ならいいけど」

母はあからさまにホッとしている。

「私、エッセイストになるの」

「本が出るのよ。私が書いたエッセイが本になるの。わかる？　本屋に並べられることになるの」

「は？」

「また、そんな夢みたいな話を」

母の呆《あき》れ声が聞こえる。

「出版社の編集長がね、私の書いたものを認めてくれて、出してくれることになったの。別に信じなくてもいいけどね。どうせひと月ちょっとすればわかることなんだから」

「本当なの」

母の声が少し変わった。

「もちろん」

「へえ……」

母が驚いている。その反応の仕方が面白くてならなかった。

「まあ、楽しみにしててよ」

「あなたが本を……」

「それじゃね」

受話器を置くと、流実子はグラスにシャンパンを注ぎ足した。気持ちは誇らしさに満ちていた。母と言葉を交わしたのはひさしぶりだ。けれども、あの甘いものを食べたいという激しい欲求は出て来なかった。それがたまらない満足感をもたらした。

私はもう、母から完全に逃れられたのだ。顔色を窺《うかが》うことも、反抗することも、傷つくことも、傷つけることもない。

流実子は笑った。楽しくてたまらなかった。笑いながら、自分に向けて、何度も何度も乾杯した。

今はもう朝から晩までみんな自由だ。好きに起きて、好きにご飯を食べて、好きに眠っていい。

一日目は部屋を大掃除した。二日目はクローゼットの中の整理をした。三日目には買物に出掛け、四日目には映画を観た。そして五日目にはすっかり退屈していた。

夕方まで本を読んで、工藤に電話を入れる気になった。事務所を正式に辞めたことも伝えたいし、本の進行具合も聞いておきたかった。新しくバイトでも始めるべきか、それともここしばらくは書くことに専念すべきかも相談したかった。

けれども、正直言うと、ただ会いたかった。工藤とはここのところ顔を合わせていない。一度電話があったが、それきりだ。自分が工藤を欲しがっているのを感じた。それは決して身体ばかりではなかった。

編集部に電話を入れると「六時まで打ち合せで外出です」との返事があった。つまり、六時には編集部にいるということだ。神保町まで出てみようか。買いたい本もある。あの辺りを少しぶらぶらして、六時過ぎにもう一度電話を入れてみよう。

神保町に出て、適当に時間をつぶし、六時ちょうどに電話をかけた。しかし工藤はまだ帰っていなかった。これ以上歩き回るのにも疲れて、どこかでお茶でも飲もうかと思いたった。

なら、あそこに行ってみよう。工藤が教えてくれた、坂の上の古い洋館の一階にあるティールームだ。

流実子は駿河台下の交差点を過ぎ、御茶ノ水駅に向かって歩いて行った。この辺りは大学や予備校があり学生の姿が多い。

卒業してもう四年近くたってしまった。あの頃、自分は何を考えていただろう。具体的な目標を何ひとつ見つけられないまま、ただ、この大勢の中のひとりとして生きていきたくないとだけは強く思っていた。何かやりたい。何かを摑《つか》みたい。そうしなければ、私がこの世に存在しているということを証明することができない。

そして今、確かに自分はそれを摑もうとしている。

坂をゆっくり登り、洋館に到着した。流実子はティールームの半透明のガラスドアを押した。

瞬間、足を止めた。庭に面した席に工藤の姿があった。

その嬉しい偶然に浮き立ったが、すぐに向かい側に座る人物に気がつき、慌《あわ》てて背を向けた。路江だった。打ち合せというのは瑛子の本のことだったらしい。見つかったら大変だ。路江に不審感を与えてしまう。

すぐにティールームを出た。それからどうしようか考えた。ここから離れてしまった方がいいに違いない。けれども、少しふたりを観察したい気持ちもあった。工藤が流実子のことをとぼけながら路江と接するところをちょっと覗《のぞ》いてみたい。

階段の前に立って、足を止めた。二階のギャラリーでリトグラフの個展をやっているという。上がってみる気になった。前に工藤とティールームで会った時、席からギャラリーの様子が見えた。つまり、ギャラリーからもティールームが見下ろせるということだ。

階段を登って、ギャラリーに入ると、受付の女性が「いらっしゃいませ」と頭を下げた。中には二、三人の客がいるだけだった。流実子は壁にかけられた作品を眺めた。とても素敵だったがゆっくり観賞している気分にはなれなかった。窓際《まどぎわ》に近づくと、案の定、庭を挟んでふたりの姿が見下ろせた。

路江が笑っている。とても打ち解けた表情をしていた。意外な気がした。事務所に工藤が来た時は、もっと事務的な態度をみせていたような気がする。そう言えば、着ているものもどこか違う。いつもはテーラードのかっちりとしたスーツが多いのに、今日は柔らかな素材のブラウスだ。工藤もリラックスしているように見えた。

その時、路江の手がすっとテーブルの上に差し出された。それはカップを取るわけでも、煙草を抜き出すでもなく、そのまま工藤の手に重ねられた。

え……。

何なのだ、これは。何か意味があるのだろうか。伝票を取ろうとしたのがそう見えるだけなのだろうか。流実子は見つめた。

路江の重ねた手の下で、工藤がゆっくりと指を動かした。引っ込めたのではなかった。工藤は路江の指を割って、自分の指をからめた。あの魔法の指が、路江の手の甲をなぞるように這《は》っている。

流実子は見つめ続けた。とても隠微な動きだった。それは男と女がベッドの中で行なうことにひどく似ていた。

✻

部屋でじっとしていると、何もかもが傾いていくような錯覚に陥る。

だから侑里はまた買物に出る。

デパートを回りながら、欲しいと思う何かを探している時、そしてその欲しいものを買った時、文句なしに気持ちがすっきりした。押し入れの段ボールはいっぱいになり、もうひとつ増やさなければならなくなっていた。

ほとんど毎日のように出掛け、買物をしているので、通帳の残高はどんどん減っていた。もしこれがゼロになった時、自分はどうなるだろうと思った。そしてどこかで、そこに辿《たど》り着きたいと思う自分もいた。

もうショーウィンドウには秋冬物が飾られている。セーターにコートにブーツ。延々と季節は巡り、そのたびにウィンドウは飾られ、人々は欲求にかられる。満足なんて言葉はない。満足というのは、次に欲しいものが目の前に出て来るまでの、瞬間の感情だ。

透はあれから外泊することはなかったが、週に二度は深夜に帰宅した。お酒でも煙草《たばこ》でもなく、むしろ清潔な匂《にお》いをさせながら帰って来る透を、侑里はもう起きて待っているようなことはしなかった。

明かりを消してベッドに入っている。けれど眠っているわけではなかった。透がドアを開け、靴を脱ぎ、着替えをし、冷蔵庫を開けてビールを飲み、煙草を吸ったりする行動を閉じた目で見つめていた。

やがて透がベッドに入って来る。侑里に背を向け、すぐに寝息をたて始める。その呆《あっ》気《け》ない眠りの落ち方に、侑里は透の見くびりを感じる。身体を堅くして侑里は闇《やみ》に目を凝らす。その時、侑里はすでに透を憎んでいるのかもしれない自分を思う。

今日は赤い革の手袋を買った。見た瞬間、欲しいと思った。一万六千八百円だ。財布の中には一万円と少ししかない。キャッシュコーナーで二万円を下ろした。その時、現金と一緒について来る残高証明書に目をやった。

残高は増えていた。二十万ほど振り込んである。母がしてくれたに違いなかった。嬉しかった。有り難いとか恩とかではなく、単純に助かったと思った。これでまだ買物を続けられる。続けられる限り、大丈夫だ。

赤い手袋を買って気分よくアパートに戻ると、ドアが開いていることに気がついた。鍵《かぎ》をかけ忘れたのだろうかと、おずおず覗いてみると、透がいる。

「どうしたの」

透が振り向いた。そして強《こわ》ばった口調で言った。

「何なんだ、これは」

「え?」

侑里は透の足元に目をやった。そこには段ボール箱があった。蓋を開けられ、侑里が今まで買物をして来た品が見えている。侑里は小さく叫び声を上げ、部屋に駆け上がり、段ボール箱に覆《おお》いかぶさった。

「見ないで」

侑里を、透は立ったまま見下ろしている。

「捜し物があって、ちょっと寄ったんだ。押し入れの中を探してたら、こんなものが出て来た。これ、全部、侑里が買ったのか」

「……」

「まさか、万引きなんか」

「違うわ、ちゃんと買ったわ」

「いったい、そんなお金どこから」

「私のよ、私が働いてた頃貯《た》めてたお金を使ったの」

透は小さく、しかし深くため息をついた。

「そうか、侑里の金なら俺は何も言えない。洋服でも何でも買えばいいさ。けど、何で俺の前で着ないんだ。俺なんかに見せる気にならないってことか。それとも、稼ぎの悪い俺に気を遣ったっていうのか」

侑里は首を振った。

「違うわ、そうじゃない」

「じゃあ、何でだ」

「私も一度も着たことがないのよ」

透は心底不可解な顔をした。

「じゃあ、いったい何のために買ったんだ」

侑里は首を振る。

「わからない。ただ欲しかったの。ものすごく欲しかったの」

透の声に怪訝《けげん》なものが含まれた。

「どういう意味だ、よくわからない」

「デパートに行ったら、どうにも我慢できなくなるの。買わないと落ち着かないの」

「何だよ、それ」

「とにかく買えば気が済むの、それだけでいいの」

「で、ここにしまっておくのか」

「そう」

「それにどういう意味があるんだ」

「意味？　意味なんてないわ」

「わからないな、おまえ、少し、おかしいんじゃないか」

侑里はぺたりと座りこんだ。

「何も考えちゃいけない、何も言っちゃいけない、私が何かすれば、それだけ透は遠くなっていく。だから頭をからっぽにして、口を閉ざして、海の底にいる貝みたいにじっとしてたの。だけど、そうしていると、自分がどんどん壊れていくような気がしたの」

「何を言ってるんだ」

「透の言う通り、私、少しおかしいのかもしれない」

透は背を向け、アパートを出て行った。

侑里は黙って段ボール箱を抱き締めていた。

何も考えない、何も言わない、という方法を見つけた時、これでいいと思った。これで透と穏やかに暮らしていけるなら、感情というものをすべて捨ててしまっても構わない。

実際、その方法は成功したかのように思われた。しかし身体の内側は錆《さ》びついていた。侑里はだんだんと息苦しくなっていた。何とかしなければと思った。でないと、貯め込んでいたものを一気に吐き出してしまうかもしれない。そうしたら、すべてはおしまいだ。

今、よくわかる。

このモノたちは、侑里が言えなかった言葉の代償だ。ワンピースは「昨夜はどこに行ってたの?」、バッグは「いつになったら両親に挨拶にゆくの?」、スーツは「女がいるの?」、イヤリングは「私たち、これからどうなるの?」

けれど、もう駄目だ。このままだったら、私たちは本当に駄目になってしまう。今まで、回りの誰もに幸福を装って来たけれど、もう限界だ。救《たす》けが欲しかった。

思いついたのは瑛子だった。瑛子ならきっといいアドバイスをくれる。あの時、あんなに親身になって力を貸してくれた。電話でも、いつでも相談に来るよう言ってくれた。

助けて欲しい。救って欲しい。頼れるのはもう瑛子しかいない。

侑里は受話器を取り上げた。

「はい岸田法律事務所です」

応対したのは流実子の声ではなかった。

「あの、先生をお願いできますか。私、岡部と言います」

「アポイントメントはお取りですか」

事務的に相手は言った。

「いいえ。でも、どうしてもお話がしたいんです」

「申し訳ありません。アポがないと、お取り次ぎできないことになってるんです」

「岡部からだと言ってもらえませんか、先生からいつでも電話していいと言われてるんです」

「そうですか、では少々お待ちください」

保留ボタンが押されて、しばらく音楽が流れた。早く、瑛子の声が聞きたかった。あの優しい声で力づけてもらいたかった。

そして、第一声はこうだった。

「透くん？」

＊

発売日を明日に控え、流実子は興奮しながらベッドに入った。

いよいよだ、いよいよ明日、自分のエッセイが本屋に並ぶ。いったいどれくらいの人が手にとってくれるだろう。

買ってくれた人たちと、文字という形の中で時間を共有する。話したこともない、顔を見たこともない知らない誰かに、感動を与え、共感を呼ぶ。時には涙してくれることもあるかもしれない。そのことを考えると、流実子はうっとりとした気分になった。

工藤とはあれから一度だけ会った。会って、当然のようにホテルで抱き合った。

流実子は自分でも少し恥ずかしくなるくらい工藤を求めた。まるでずっとお預けをくらわされていた子犬みたいだと思った。与えられた餌《えさ》はとびきりの味がした。

ベッドでまだ冷めやらぬ身体《からだ》を工藤に包まれながら、あの日、ギャラリーから見たことを尋ねた。気になっていることは黙っていられなかった。流実子の質問に、工藤はただ笑って答えた。

「おいおい、本当かい？　僕が彼女とそんなことを？　確かにあのティールームで打ち合せはしたよ。でも、覚えてないなぁ。流実子ちゃんの見間違いじゃないのかなぁ」

工藤を見る限りでは、とても嘘《うそ》をついているようには思えなかった。

「でも、私、見たんだから」

少し拗《す》ねた口調で言う。

「そうか、うーん、ギャラリーからだとそんなふうに見えるってことなんじゃないかな。結構距離もあるし。実際、何も覚えてないよ。覚えてないこと、責められてもなぁ」

そう言って、工藤の腕が流実子の肩を抱き締める。すると、流実子はもうどうでもいいような気分になる。こうして工藤とひとつのベッドに入っているのは、間違いなく自分だ。瑛子ならともかく、あの路江とのことを誤解するなんて、どうかしてる。

そうやって工藤と会ってから、三週間が過ぎていた。

忙しいことはわかっている。連絡しても外出中のことが多く、なかなか捕まらなかった。出版を記念して、一緒にお祝いをしたいのに、と流実子は少し不満に思っていた。

翌日、流実子は駅前の本屋に向かった。お昼を少し過ぎた頃だ。店の前に立ち、ひとつ深呼吸をしてから中に入った。

左手のコーナーは雑誌が並び、右手の方には漫画が並んでいる。奥は文庫の棚。その隣りは専門書。新刊の単行本は入ってすぐだ。

心臓がどきどきしている。流実子は近づき、平台に並べられた本を順番に確かめて行った。しかしなかなか見つからない。

ふと、目を止めた。瑛子の新しい本があった。例の『自分を生かす愛の在り方』というタイトルがついている。ふうん、と思った。もちろんそれだけだった。もう内容は読んでわかっている。興味はない。

それより自分の本だ。流実子は再び探しはじめた。けれど、やはり見つからない。見逃したかと、もう一度、端からゆっくりと確認していった。

「……とっておきの愛を見つける……とっておきの……」

それでも見つからなかった。仕方なく、流実子はレジまで行き店員に尋ねた。

「すみません、今日『とっておきの愛を見つける』ってエッセイが発売される予定なんですけど、入ってますか」

どうせ流実子が作者だなんてわかりはしないのだ。

「ちょっとお待ちください」

店員は棚からファイルを取り出して、ぱらぱらとめくり、申し訳なさそうに答えた。

「そういうタイトルのは、ちょっと見当りませんね。出版社はどこですか」

流実子は工藤の会社の名を告げた。

「その出版社でしたら、新刊は『自分を生かす愛の在り方』というエッセイしか出ていませんね」

「そうですか……どうもすみません」

釈然としない気持ちで、流実子は再び棚の前に立った。

出版が遅れたのだろうか。そんなこと、工藤は何も言っていなかった。

瑛子の本に再び目が止まった。本の帯には、瑛子の顔写真が載っている。にこやかな笑顔を浮かべた瑛子は本当に綺麗《きれい》だ。美人は得だとつくづく思う。それに誘われるように、手にとってみた。ぱらぱらとめくって、数行読んだ。

瞬間、流実子の頬が強ばった。身体が小刻みに震えだした。

何なのだ、これは。

流実子は表紙を確認した。間違いない、これは確かに瑛子の本だ。

しかし、中身は私が書いたあのエッセイではないか。

混乱した頭を抱えて、流実子はアパートに戻って来た。

買って来た瑛子の本をもう一度開いた。そこに書いてあるのは、間違いなく、流実子のものだった。

いったいこれはどういうことなのだ。どうしてこんなことになっているのだ。何が何だかわからなかった。とにかく工藤に連絡をしなければ、と思った。

工藤は捕まらなかった。のんびりした口調で編集部の女性が「外出中です」と答えた。

「どちらに行かれたんですか」

「さあ、ちょっとわかりません」

流実子は叫んだ。

「急用なんです、すぐに連絡をとりたいんです。何とかしてください」

「そう言われましても……」

困惑の声が返って来る。この人に当たっても仕方ない、と思い直した。

「じゃあ、とにかく戻っていらしたら、連絡をくれるよう伝えてください。私、内島流実子と言います。ずっと、待ってますから」

「わかりました、伝えます」

それから、流実子は尋ねた。

「あの、私の名前、知りませんか？」

「は？」

「あなた、編集部の方でしょう」

「ええ、そうですけど」

「内島流実子って、聞いたことありませんか？」

「さあ」

　流実子は電話を切った。

　部屋の中で身体を丸め、じっとしていた。何をどう考えても、自分を納得させられるような理由は見つからなかった。どこをどう説明しようと、答えはひとつしかなかった。けれど考えたくない、信じたくない答えだ。

　私は利用された。

　本にするとうまいことを言って、私から原稿を取り上げ、瑛子のものとすり替えた。まさか、と思う。あの工藤が。そんなことありうるわけがない。けれど、現実はこうして目の前にある。

　流実子は唇を噛《か》む。ベッドの中で流実子を存分に愛撫《あいぶ》し、任せて欲しいと胸を叩《たた》いた工藤が？　あれはすべて嘘だったのか。最初から何もかも仕組まれていたのか。

ふと、路江のことを考えた。ティールームでの工藤との様子だ。もしふたりがそういった関係だとしたら。路江が、工藤から流実子の原稿のことを聞いたとしたら。

二時間がたった。まだ、工藤から連絡はない。

やがて、待っていてもあるはずがないということに気がついた。工藤は逃げる。それしかできない。もう一度、流実子は編集部に電話を入れた。出て来たのはさっきと同じ女性編集者だ。

「まだ、帰っておりませんが」

面倒くさそうに彼女は答えた。流実子ははっきりとした声で言った。

「編集長にお伝えください。私、出るところに出ますからって。告訴でも何でもします。マスコミにだって喋《しゃべ》りますからって」

相手の返事を聞かずに電話を切った。本心だった。これは詐欺《さぎ》だ。盗作だ。泥棒だ。そうだ、完全に犯罪ではないか。

案の定、三十分もしないうちに、工藤から電話がかかって来た。

「話し合おう」

と工藤は言った。よそよそしい他人の声だった。

「一時間後に、あの洋館のティールームで」

「わかりました」

ティールームには、工藤だけでなく、路江の姿もあった。

どこかでそんな気がしていた。何もかもがつながってゆく。

路江は流実子を見ると、何事もなかったような笑顔を作った。

「こんにちは、久しぶりね。元気だった？」

よくそんな落ち着いていられるものだと思う。

流実子は答えず、ふたりの向かい側に腰を下ろした。

コーヒーを注文し、それが運ばれて来る間、誰も何も喋らなかった。工藤がいちばん落ち着きがなく、煙草ばかり吸っていた。ウェイトレスが流実子の前にカップを置くと、それをきっかけにするように、路江が言った。

「ショックだったのは、よくわかるわ。自分の本になる予定が、瑛子の名前で出てしまったのだもの。でも、仕方なかったのよ。ほら、流実子ちゃんも読んだでしょう。瑛子の書いたエッセイ、あれは本当にひどかったわ。とてもあのまま出版しても売れるわけがないと思ったの」

「だからって、私とどういう関係があるんですか。勝手に私の本を先生の名前にするなんて、許されるわけがないじゃないですか」

「やめてください。安井さん、自分が何をしたかわかってるんですか。これは犯罪です。安井さんだって、法律事務所にいるんだからそれくらいわかってるはずでしょう。言っておきますけど、私は引き下がったりしませんから。出るところに出て、断固戦いますから」

「感謝してるわ」

工藤が困惑の表情を深めている。けれど路江は少しも慌てていない。

「そうするのはあなたの自由よ。でも、たぶん無駄だと思うわ。私たち、法律の専門家なのよ。犯罪になるようなことをするわけがないじゃないの。このことについては全部、正当な抗弁ができるわ。それでも告訴したいって言うなら止めはしないけど、たぶん時間と労力の無駄になるだけね。こちらは逆告訴もできるのよ。そうなれば、流実子ちゃんの方が傷つくことになるんじゃないかしら」

路江の言葉は自信に満ちている。憤慨しながらも、流実子はかすかに不安を抱いた。

「どういう意味ですか。どうして私が逆告訴されなきゃいけないんですか」

「説明してあげるわ」

路江はそう言って、バッグの中から瑛子の本を取り出した。見たくもない本だったが、路江は裏表紙を開いて、流実子の前に差し出した。

「ここよ、最後のここに『著者・岸田瑛子　協力・岸田瑛子法律事務所』となっているでしょう」

流実子はちらりと目をやった。確かにそう書かれてある。けれど、それがどうしたというのだ。

「つまり、この本に流実子ちゃんが協力したってことはちゃんと載せてあるの。だから、盗作でも何でもないの」

「ちょっと待ってください。私、協力なんてしてません。そっちが勝手に盗《と》ったんじゃないですか」

「じゃあ言わせてもらうけど、流実子ちゃん、あなたこのエッセイを就業時間内に書いたことあるでしょう。それも、事務所のパソコンを使って」

「え……」

「つまり仕事中ってことよね」

「それは……」

「これを書いて遅くなった時、残業手当をつけたことはない？　会社のペーパーやインクリボンは使わなかった？　思い当ることあるでしょう。つまり、あなたは仕事の一環としてこれを書いてたのよ」

流実子は唇を嚙んだ。何てことだ。確かにある。ほんの少し得をしようとしたことが、今、自分の首をしめようとしている。

「それに、あなたはお金を受け取ったはずよ。仕事の報酬としてのお金をね。領収書もちゃんとあるわ。岸田瑛子法律事務所宛《あて》の」

流実子は工藤を見た。あれは印税の前払いだと、工藤は言った。嘘だったのだ。あの時から、流実子を騙《だま》すつもりでいたのだ。

「流実子ちゃん、あなた本当に本屋で先生の本を見るまで何も気がつかなかったの？　だとしたら世間知らずもいいとこね。普通、ゲラとか見本本とか、そういう段階があるのよ。私、てっきり承知してるのかと思ってたわ」

「それは、工藤さんがみんな任せてくれと……」

「そんな素人《しろうと》で、本を出そうなんて考えるのが甘ちゃんなのよ」

流実子は憎しみをこめた目で工藤を見やった。

工藤は黙って俯《うつむ》いている。おどおどしているようにも見える。路江に比べると、あまりにも情けない姿だった。

こんな男に、と思った。こんな男を信じ、抱かれたのか。

「ねえ、流実子ちゃん」

路江が猫なで声で言った。

「これは提案なんだけど、その気があるなら、改めて契約してもいいのよ。これからも瑛子の執筆に協力するってね。あなたが引き受けてくれたらこちらも助かるわ。契約料は弾むわよ。あなたも仕事がなかったら困るでしょう。一石二鳥じゃないの」

「お断わりします」

きっぱりと流実子は言った。

「死んでもいやです」

路江が笑いだした。

「あなたのそういう気の強いところ、前から好きだったわ。私たち、うまくやっていけると思ってたのに、残念ね」

路江が席から立ち上がった。

「じゃあこれで、もう話すことはないわね。元気でね」

工藤も慌ててそれにならい、ふたりはティールームを出て行った。路江の笑い声だけが糸を引くように店の中に残った。

流実子は身じろぎもせず座っていた。頭は機能をみんな止めて、からっぽになっていた。

絶望が大きすぎて形として感じられなかった。そこには、まるで凪《なぎ》を迎えたようなしんとした空白だけがあった。

＊

侑里はデパートの中を彷徨《さまよ》い続けていた。

ここには侑里の欲望を満たしてくれるすべてのものが揃《そろ》っている。服もバッグも靴もある。アクセサリーも帽子も化粧品もある。気に入ればお金を払うだけのことだ。そうすれば手に入る。そして段ボールの中にしまっておけばいい。いつもそうして、すべての言葉の代償にして来た。

なのに、今日のデパートの中には侑里の気持ちを満たしてくれるものは何もないのだった。目に映るのはどれもこれもガラクタで、手を伸ばす気にもなれなかった。

それでも欲しいと切望する思いは強くなる一方だ。ただひたすら歩き回った。エスカレーターをもう何度往復しただろう。バッグの中には現金もある。もしそれが高額なものであれば、ローンを組んだって構わない。

なのに、ないのだ。何もない。

「もしもし、どうかなさいましたか」

呼び止められ、侑里は足を止めた。振り向くと、初老のガードマンが温厚そうな表情で立っていた。なぜ、自分が呼び止められたのかわからず、侑里は黙ってガードマンを見つめ返した。

「これを」

ガードマンがポケットからハンカチを取り出した。

「どうぞ、気になさらずお使いになってください」

その時になって、侑里は初めて自分が泣いていることに気がついた。涙は頬だけでなく、流れ落ちてコットンブラウスも濡《ぬ》らしていた。気づかぬまま、泣きながら店内をうろついていたのだった。そんな侑里の様子をガードマンが見かねたのだろう。

「三階にちょっとしたガーデンテラスがあります。そこで少し寛《くつろ》がれたらいかがですか。私がご案内しますから」

三階にあるガーデンテラスは、小さいながらも池や花壇があり、ベンチもいくつか置いてあった。もう長いこと通っているデパートなのに、ここにこんな場所があるなんて知らなかった。

「ここは静かでしょう。僕も時々、ぼんやりしに来るんです。大丈夫ですか」

侑里はゆっくりと首を縦に振った。

ガードマンが穏やかに笑う。

「そうですか、じゃあ僕はこれで」

ガードマンが去ってゆく。後ろ姿が少し父に似ていた。その背中に、侑里は頭を下げた。

何も考えなかった。ベンチに座り、流れてゆく雲を見つめていた。

潤《うるお》いを含んだ雲はいつの間にか季節が秋に変わったことを伝えていた。透と過ごした時間を思った。死ぬほどの幸福だった。そして同じくらい不幸だった。愛しているという感情にもみくちゃにされ、自分が立っている位置さえ見えなくなった。いつか、落ち着くのはあのアパートではなく、モノに溢《あふ》れているデパートになった。ここだけが、侑里を満足させてくれた。

壊したくなかった。騙しながら、毎日を穏やかに送っていけるなら、心にあるものはみんなしまってしまおうと思った。透をなくしたらもう何もない。それが怖かった。けれどもう、このデパートにあるすべてのモノを手にしても、私は癒《いや》されないだろう。必要なのは、もう押し入れの中に貯《た》め込むことではなかった。すべてを解放することだ。

いつか日は陰り、ビルの隙間《すきま》から覗《のぞ》く太陽が赤く染まっていた。やがて侑里は立ち上がった。今から自分がしようとしていることを、怖いとはもう思っていなかった。

透が帰って来たのは午前一時を回っていた。出迎えた侑里に「ああ」と言って、部屋に入り、着替え始めた。お風呂《ふろ》には入らない。けれど清潔な匂《にお》いがしている。

「話があるの」

侑里は透がパジャマに着替え終わるのを待って言った。

「疲れてるんだ」

透は答えた。

「わかってる。でも、話したいの。どうしても」

透が振り返って侑里を見る。困惑したように一瞬目をそらしたものの、やがて向かい側に腰を下ろした。

けれども、実際にこうして顔を合わせてもうまく言葉が出なかった。何をどう話していいかわからない。喉《のど》の奥から漏れて来るのは小さなため息ばかりだ。

すぐに思い直した。うまく話そうなんて思わなくていい。ありのままの気持ちを、思いついたまま言葉にすればいい。今、自分に必要なのは、何を話すかということではなく、話すという行為そのものだ。

「私たち、どうしてこんなふうになってしまったのか、考えてもよくわからないの。理想と現実は違うって言うけど、それがこういうことなのかしら。私はきっと、たくさんのことを透に要求したんだと思う。それが透にとってどれだけ負担だったかということがわからなかった。透の言った通り、何もかも捨ててここに来たのは、私の意志。私が好きでそうしたの。なのに、それを忘れて、いつも私は透を責めるような目をしていたのかもしれない。でも、私はこれから先もずっと、透と一緒に生きていきたいの。その気持ちは少しも変わってないの」

透は不意に立ち上がると、キッチンに向かい、冷蔵庫から缶ビールを取り出した。

「透はどうなの？　どう思っているの？」

「俺は」

「ええ」

リングプルを引く音がする。

「俺は、自分がよくわからない」

ビールを喉に流し込み、パジャマの袖《そで》で口元を拭《ぬぐ》った。

「どういうこと？」

「あの時、とにかく俺は変わりたかった。今までの自分の生き方をみんな捨てて、違う所に行きたかった。でも、ひとりじゃ勇気がなかった。だから侑里を……言葉は悪いが、侑里を利用したのかもしれない。もちろん、誰でもよかったとか、そういうんじゃない。侑里となら、きっとやれるという力みたいなものを感じたんだ。そして、それは正しかった。俺は以前の生活を捨てられた。運送屋っていう新しい仕事にもついた。楽しかったよ、仕事からくたくたになって帰って来ると、侑里が晩飯の用意をして待っててくれている。平凡であることが、すごく楽しかった」

侑里は黙って聞いていた。それは嬉《うれ》しい言葉には違いなかったが、それだけに、透がこれから言おうとしていることの予想もついていた。

「でも、転職して、今の仕事を始めて、俺は自分が本当は芝居の世界にものすごい未練を持っていたことを改めて知ることになったんだ。だらしなくて、胡散臭《うさん》くて、いい加減な生き方っていうものが、実は、俺そのものなんだよ。馬鹿《ばか》だから、俺自身、気がつかなかった。一緒に暮らしていくうちに、侑里が寝ないで帰りを待っていてくれたり、ふたりのこの状態をちゃんとした結婚という形にしなければって考えたり、そういうことがだんだん負担になって来た。身勝手だということはよくわかってる。そのことは、本当に悪いと思ってる。でも、今の俺は、以前の自分を取り返したくてたまらないんだ」

「私は、透が今の仕事を楽しんでいるのはよくわかってるつもりよ。透がやりたいことを、やってるのが、私も嬉しいの。だから辞めて欲しいなんて思ってないわ。私が透を追い詰めていたのなら謝るわ。結婚のことだって、両親を説得するのだって、もうせかしたりしないわ」

「どう言えばいいんだろう。侑里のせいじゃないんだ。俺はただ侑里と顔を合わせるのがつらいんだ。だらしない自分をつきつけられているような気になって、たまらないんだ」

「私はどうすればいいの？」

「わからない。言えるのは、悪いのは俺だと言うことだ」

「あまりに身勝手だわ」

「わかってる。そのことは誰よりも」

そして無言。

「こんな状態で、私たちこれからもやっていけるの？」

「俺には責任がある。それは取らなくちゃと思ってる。結婚はする。侑里を一生養ってゆく」

「責任……」

その言葉は、想像以上に侑里を傷つけた。

どんな形にしろ、最終的なところで透と自分を結びつけているのは愛情だと思っていた。ぼろぼろになり、欠けたり歪《ゆが》んだりして、限りなく憎しみに近づいたとしても、まだ愛なのだと信じていた。けれども、それは侑里だけの思い込みだった。

「そんな言葉を聞くぐらいなら、はっきり別れたいと言われた方がましだわ。お情けで結婚なんてしてもらいたくない。そこまで私、卑屈になりたくない」

透は黙る。それはひとつの結論のようにも思えた。

「ひとつ、聞かせて」

「ああ」

「こうなってしまったのは、私たちの間に、私たち以外の誰かの存在があるから?」

透は顔を上げた。

「岸田先生のことよ」

明らかに透は動揺した。目線を落とし、唇を結んだ。

「もしかしたら、今の仕事を透に紹介したのは岸田先生なんじゃないの」

しばらくの迷いの後、透は答えた。

「そうだ」

自分の予感が的中したことに、侑里は落胆していた。

「先生の知り合いに編集者がいて、その人を通して紹介してもらった」

「いつ?」

「ふたりで事務所の方に挨拶に行っただろう。それからしばらくしてだ」

「直接、透に連絡があったの?」

「ああ」

「もう少し、聞かせて」

「運送屋に電話があったんだ。話があるって。それで会った。その時、今の仕事は俺には向いてないって、いきなり言われた。何かショックだった。自分がどこかで感じてたことをずばり指摘されたからかもしれない。まるで心理分析されてるみたいな気がした。でも、悪い気分じゃなかった。仕事を見つけてあげるとあの人は言った。俺はつい、お願いしますと頭を下げていた。また、連絡があった。会いたいと言った。俺も会いたいと思った。会って、もっと話がしたいって。それで、会った」

「そして?」

透はちらりと上目遣いで侑里を見た。もう、隠し立てする気はないようだった。

「いろいろ話をした。彼女にはすごい経験と知識がある。圧倒されたよ、影響もされた。彼女といると、どんどん本当の自分が見えて来るような気がした。彼女の勧めで、今の仕事についた。何かその時、ホッとしたのを覚えてるよ。自分のあるべき場所に戻って来られたっていうような」

「高級な仕立てのスーツや腕時計や、携帯電話もみんな岸田先生から?」

「ああ、必要なものは何でもあの人が揃えてくれた」

「それだけじゃないでしょう」

透がゆっくりと頷《うなず》く。

「そうだな、確かにそれだけじゃない」

「つまり」

「寝た」

侑里は目を閉じた。

「今夜もなのね」

「そうだ」

次に尋ねる言葉が、唇で震えた。

「愛しているの、あの人を」

「その言葉が適当かどうかわからない。ただ、今の俺には彼女が必要だ。彼女ほど、俺を理解してくれている人はいないと思う」

頭がぼんやりした。

「侑里には申し訳ないと思っている。けれど、もうどうしようもないんだ」

あの人はよく侑里に電話をかけて来た。その時に「ふたりで頑張るのよ」とか「彼を放しちゃ駄目よ」とか「私はいつも味方よ」なんて言った。それに力づけられ、涙ぐんだ自分は何だったのだろう。優しさの陰で透を奪ってゆく。あの人は内心では笑っていたに違いない。私を馬鹿にし、蔑《さげす》んでいたに違いない。美しいほほ笑みに隠された、冷たく残酷なあの女の本性を、侑里は今、はっきりと見ていた。

何もする気が起こらなかった。何をしていいのかもわからなかった。

透と別れるべきなのだろうか。別れて、このアパートを出ていくべきなのだろうか。けれど帰る場所はない。何もかも捨てて来た。今、透を失うということは、すべてを失うということだ。

透が仕事に出て行って、侑里は掃除も洗濯もせず、パジャマ姿のまま、部屋の真ん中に座っていた。

電話が鳴り始めた。出る気になれず、しばらく放っておいたのだが、コールはなかなか鳴り止まない。仕方なく、手を伸ばした。

「もしもし」

「侑里?」

その声を聞いただけで、胸が痛くなった。侑里は受話器を握り締めた。

「お母さん……」

「淳子さんから番号を聞いたの。かけないでおこうってずっと我慢してたんだけど、やっぱり心配で。どう、元気にしてるの?」

懐《なつ》かしい声が耳いっぱいに広がって行く。

答えようとするのだが、声が喉に詰まってなかなか出て来なかった。

「ええ、私は大丈夫」

掠《かす》れた声でようやく答えた。

「そう、それならいいけど。この間、通帳の残高を問い合せたらずいぶん減っていたでしょう。いいのよ、もちろん好きなだけ使っても。でも、何か心配で。お金に困るようなことになってるんじゃないかって。必要ならいつでも言ってらっしゃい」

「ううん、大丈夫。ごめんなさい、無駄遣いしちゃったの」

「そう、それならいいけど……それで、うまくいってるの?」

母が不安げに尋ねる。

「うん、おかげさまで」

「お父さんね、本当は待ってるのよ、ふたりが揃って顔を出してくれるのを。母さんだって同じよ」

「うん」

「いつになったら、来てくれるの?」

「もうすぐよ、もうすぐ行くから」

それ以上言えなかった。何かを言えば、泣いてしまう。もう母や父に心配をかけたくなかった。

電話を切ると、堰《せき》を切ったように侑里は泣いた。嬉しくて、悲しかった。

このままではいけないと思いながら、どうすればいいのかわからなかった。今さら、家には帰れない。このまま透と暮らすしかないのだろうか。透は責任を果たすため、侑里は帰る場所がないため。

いいや、愛してるから。たとえ透がどう思っていても、侑里はまだ愛している。


テレビをつけたのは偶然だった。画面には午後のワイドショーが映っている。観《み》ているという意識ではなく、ただ視覚の中にそれが存在しているというだけだった。しかし司会者の声に、侑里は一瞬にして頬を強《こわ》ばらせた。

「今日のゲストは、弁護士でいらっしゃる岸田瑛子さんです」

拍手に迎えられて、あの女が姿を現した。真っ白のパンツスーツに身を包んで、にこやかに、美しく。

「先生はテレビや女性誌などでも有名な弁護士さんでいらっしゃいますけど、最近はエッセイもお書きになって、それがまたベストセラーにもなっているという、マルチな活動をなさっていらっしゃいますよね。そのパワーがいったいどこから出て来るのか。またその他にも、今日はいろんなことをお伺いできればと思っています」

あの女が婉然《えんぜん》と笑って頷く。

「どうぞ、よろしくお願いします」

すぐにインタビューが始まり、それに対して、あの女が落ち着いた口調で答えてゆく。

「そうですね、パワーっていうのは、さあ、どこから来るのでしょう。たぶん、たくさんの友人や知り合いたちからの温かい励ましだと思います」

嘘《うそ》つき。

「弁護士という職業ですか？　法律というのは人のためにありながら、血の通ってない部分もあります。そういったところをカバーして、ひとりでも多くの方が幸福になれるよう、お手伝いできたらと思っています」

嘘つき。

「ええ、女性問題を多く扱っています。まだ社会では立場的に弱い部分がありますでしょう。そういうのを見ると、わたくし、どうしても許せなくなってしまうんです」

嘘つき。

「まあ、そんな。美しいなんてありがとうございます。わたくし、すごくのんびりやなんです。もし秘訣《ひけつ》があるとしたら、それかもしれませんわね」

嘘つき。

「恋ですか？　さあ、どうでしょう。こういう仕事をしていると、男性不信になってしまうこともあって、恋に対しては臆病《おくびょう》な方かもしれません」

嘘つき。

「わたくしの信念ですか？　とても難しい質問ですね。ひと言で言えば誠実に生きるということでしょうか。今は目に見えるものしか信用しない風潮にあると思うんです。お金とか地位とか名誉とか。でもそれよりももっと大切なことを忘れてはいけないと思ってます。こういうことを言うと、綺麗事《きれいごと》のようにとられてしまうかもしれませんが、わたくしはやはり、基本姿勢はそこに置いて生きていきたいと思ってます」

憎い、と思った。

この女が憎い。殺してやりたい。

＊

受話器を取った瞬間、後悔した。

なぜ出てしまったのだろうと、臍《ほぞ》を噛《か》んだ。母の声が聞こえたからだ。

「本だけど、いろいろ探してみたのに見つからないのよ。出版される日にちを間違えたかしらね。もう一度、確かめておこうと思って」

流実子は言葉に詰まった。今、大きな地震でも起きてくれればいいのにと願った。どんな言い訳が母を納得させられるだろう。短い間に、背中に汗をかきながら考えた。けれど、そんなものはあるはずがなかった。本は出ない、それが現実だ。

「親戚《しんせき》や近所の人からも、いろいろ聞かれるのよ。この間も、サインした本が欲しいなんて言われちゃって困ったわ。本を出すなんて人はこの辺りじゃ初めてでしょう。みんなめずらしがってるのよ」

母が機嫌よく笑っている。そんな笑い声が自分に向けられるのは久しぶりだった。それゆえに、流実子は絶望的な気持ちになった。

「それでね、まとめて五十冊ぐらい買おうかって思ってるの。今度、流実子がこっちに帰って来た時にサインを入れてもらって、それを配ることにするわ」

たまらず、流実子は言った。

「出ないわ」

「え?」

「本なんて出ないわ」

母からの返事はない。その沈黙は耳に針を差し込まれたように痛かった。

「どういうことなの?」

まったく違うトーンの声でようやく母が尋ねた。

「だから、そういうこと。本は出ないの。あの話はなかったことにして」

流実子はわざとはすっぱな言い方で答えた。

「そんなこと今さら」

母の声は震えていた。

「あなたが出るっていうから、親戚や近所の人たちに話したのよ。今さら出ないなんて、母さん、言えるわけないじゃないの」

「だってしようがないでしょう。そうなっちゃったんだもの」

「あんたって子は、あんたって子は、いい加減な嘘ばっかりついて。そこまでタチの悪い子だとは思ってもみなかったわ。人はね、しちゃいけないってことがあるの。そんなこともわからないの。私が育て方を間違えてしまったのかしら、いいえ、そんなわけはないわ、奈保子はあんないい子に育ってくれたもの。いいわ。もう情けなくて涙も出ないわ。初めから、そんな話を信用した母さんが馬鹿だってことなのね。いくら母さんが憎いからって、こんなやり方で母さんに恥をかかそうなんて、そこまで根性が曲がってしまったのね、あんたは」

母の声は怒りに満ちていた。どんな顔をしているか想像できた。小さい時から向けられて来たあの嫌悪《けんお》の顔。

流実子は目を閉じた。やがて頬を殴られるような激しさで、電話が切れた。

受話器を戻すと、突然、甘いものが食べたいという欲求が襲って来た。それはとても激しく、止められるものではなかった。流実子は財布を握りしめ、コンビニに走った。チョコレート、プリン、大福、何でもいい、とにかく目につく甘い食物をカゴの中に放りこんだ。我慢できず帰り道、歩きながらむさぼり食べた。唇が甘さで痺《しび》れて来る。こめかみが痛くなって来る。それでも欲求は満たされない。シュガー・ハイは訪れない。もっともっと食べたい。部屋に戻っても食べ続けた。口の中に押し込んだ。時々、喉がつまりそうになった。それでも、食べた。いつか流実子は泣いていた。けれどもそれにも気づかず、ひたすら食べ続けた。

目が覚めた時はお昼を過ぎていた。

すぐに起き上がれないほど胃が重かった。テーブルの上にはお菓子の空き箱や包み紙が散乱していて、それを見ると思わず吐き気が込み上げた。それでもとても片付ける元気はなかった。

もっと眠れたらと思う。そうしたら何も考えずに済む。ベッドの中で固く目を閉じた。けれどもう、眠気は戻って来ない。

ドアのチャイムが鳴った。とても出る気になれず、毛布をかぶって居留守を決めた。それでもしつこく鳴り続ける。

「すいませーん、宅配です」

との声が聞こえる。仕方なく、身体《からだ》を引きずるようにして玄関に向かった。

届いた荷物の送り主には懐かしい名前があった。達彦だ。中にはメロンと短い手紙が入っていた。

「これは、僕がこっちに来て初めて収穫したメロンです。流実子に食べてもらいたくて、送りました。こっちの生活は快適で、もっと早く帰ってくればよかったと思うほどです。もう、流実子のことは諦《あきら》めました。元気で。達彦」

瑞々《みずみず》しいメロンが手のひらに重かった。流実子は唇を結んだ。後悔なんかしていない。あの時、達彦についていけばよかったなんて絶対に思ってない。温室の中で、あのスマートだった達彦が作業服を着てメロンの世話をしている姿なんて笑ってやりたい。

なのに、目の前がぼんやりと滲《にじ》んでいく。

「違う」

流実子は呟《つぶや》いた。

「違うわ、こんなんじゃない」

けれど、何が違うのかわからなかった。ここでこうしている自分が違うのか、こういった結果を生むことになった運命が違うのか。何もわからない。ただすべてをなくした流実子がここにいる。

テレビをつけたのはたまたまだ。静かな部屋にいると、達彦のことや、昨夜母とやりあった電話の内容がひとつひとつリフレインされてしまいそうだった。

テレビは午後のワイドショーをやっていた。ただ何か音が欲しかっただけだが、ふと、聞き慣れた声がして、流実子は顔を向けた。その瞬間、目が釘《くぎ》づけになった。

画面には誇らしげな笑顔を浮かべた瑛子が映っていた。

「ベストセラーなんて、狙《ねら》って書けるものじゃないんです。たまたまそうなっただけです。わたくしだって驚いてます」

「またまた、ご謙遜《けんそん》を」

司会者が持ち上げている。隣りのアシスタントの女の子が憧《あこが》れの眼差《まなざ》しを向けながら言った。

「先生はどうしてあんなに普通の女性たちの気持ちがよくわかるのか不思議です。だって、こんなに美人で、仕事もバリバリなさって、私から見ればとても普通じゃない生き方をされているでしょう」

唇に手を当て、瑛子はころころと笑った。

「いいえ、普通ですよ。と言うより、そういう感覚を大切にしたいと思っているんです。弁護士にしろ、エッセイストにしろ、自分が普通じゃないと思った瞬間から、人の心が見えなくなってしまうんですね。それでは本当の意味での仕事ができません。わたくしの仕事は、人が幸福になるためにほんの少しお手伝いすることだと思ってます。そのためにも、普通であることは大切なことなんです」

許せない。

「ええ、読者の方からたくさんお手紙を頂きました。本当に嬉しく思ってます。そういった励ましがあったからこそ、今度の二冊目のエッセイも書けたんだと思います」

許せない。

「原稿に向かうという作業はとても孤独ですけど、待っていてくださる読者の方々がいると思うと、つい徹夜をしてしまうこともあります。でも、それを苦労だなんて一度だって思ったことはありません。書くことはひとつの喜びでもありますから」

許せない。

「エッセイを書いたきっかけですか。そうですね、さきほどの信念と同じくらい難しい質問ですね。基本は自分の存在が誰かの役に立ちたいという思いがあるからです。そして、それは自分自身に対する大きな喜びでもあるんです。最近、自分さえよければいいと考えている人が多いでしょう。それはとても不幸なことです。そういったことを、少しでも若い女性たちに伝えたくて、このエッセイを書いたんです」

許せない。

この女を殺してやりたい。

夕方になって雨が降りだした。

街は重苦しいグレーに染まり、人通りも少なく、いつものお洒落《しゃれ》で賑《にぎ》やかな青山という雰囲気とはどこか違って見えた。

流実子は地下鉄の駅から、慣れた道を事務所に向かって歩いていた。バッグが少し重かった。

三年半、この道を通った。こんな気持ちで歩く時が来るなんて考えてもいなかった。雨が降っていてよかったと思う。傘のおかげで、誰にも顔を見られなくて済む。今、どんな顔をしているのか、自分でも見たくなかった。

交差点にあるブティックを曲がり、カフェレストランを過ぎると事務所のあるビルはすぐだ。流実子は早足でもなく、ゆっくりでもなく、通勤していた時と同じ歩調で歩いて行った。

ビルの前で傘を閉じた。二、三度振って雨を落とした。エレベーターに向かいボタンを押した。ドアが開きそれに乗った。四階を押した。箱が上昇し始めた。チン、という音がしてエレベーターが止まった。ドアが開いた。

事務所は廊下を右にゆき、突き当たりをまた右側にゆく。角まで来た時、流実子はふっと足を止めた。

ドアの前には先客がいた。

流実子は慌《あわ》てて身を隠した。ほんの少し顔を覗《のぞ》かせると、そこには緊張した面持ちの侑里が立っていた。髪と肩が雨に濡《ぬ》れていた。ここからでも、侑里の身体が震えているのが見てとれた。

侑里が一歩、ドアに進んだ。それと同時に、手にしたバッグを持ち直し、ファスナーを開けた。きらりと光る硬質なものが見えた。

まさか。

侑里がドアノブに手を伸ばす。

流実子は思わず名を呼んだ。

「侑里」

侑里が顔を向けた。その目には感情というものがなかった。

名を呼んだのが流実子と気づいているのかいないのか。ただ、尋常でないことだけは感じられた。

侑里は再びドアに手を掛けた。開ける。入って行く。

流実子は走った。事務所の中から、短い悲鳴が聞こえた。新しい事務の女の子の声だ。流実子が追うと、事務の女の子は顔を引きつらせて壁にはりついていた。路江も顔色を変え、立ちすくんでいる。

「侑里、やめて」

流実子は言った。けれど侑里の耳には届かない。それどころか、振り向いた侑里の表情から、これ以上近づけば自分にまで刃を向けられてしまいそうな気がした。

「出て来るのよ、岸田瑛子、すぐに出て来て」

侑里が低く言う。

やがてキャビネットの陰から瑛子が姿を現した。さすがに緊張と恐怖で、すっかり色をなくしている。

瑛子が上擦った声で言った。

「どうしたの、侑里さん、いったい何があったの」

「どうしてですって？」

そんな瑛子を侑里は憎しみに満ちた目で見た。

「あなたって人は、私を何だと思ってるの。見下してるの、笑ってるの、バカにするのもいい加減にして」

「何の話なの。とにかく、気を確かに持って。そんな危ないものはしまいなさい」

瑛子は侑里をなだめようとする。

「命令しないで。えらそうに言わないで」

「そんなつもりはないわ。私はただ、あなたが心配なだけ」

「心配なんてしてもらう必要はないわ。気は確かよ。自分が何をしようとしているかぐらい、わかってるわ」

瑛子はナイフと侑里に視線を交互に向けている。

「何があったのかは知らないけど、そんなものを持ってはいけないわ。銃刀法違反にも脅迫にもなるわ。こんなことで人生を棒に振るのはやめなさい。今なら警察沙汰《ざた》にはしないから。だからすぐにそんな物騒なものはしまって、帰りなさい。それがいちばん賢い方法よ」

「命令しないでって言ってるでしょう」

「違うわ、アドバイスよ。それが私の仕事なの」

侑里はゆっくりと近づいてゆく。瑛子はその分後ずさってゆく。

「親切を装いながら、陰で平気で人を裏切る。あなたは、そういう残酷なことをこともなげにやるんだわ。人を救《たす》けるとか、人の幸福のお手伝いをするだなんて、よくそんなことが言えるものだわ。どうしても許せないのよ、あなたを、どうしても」

路江が女の子に叫んだ。

「警察！」

「はい」

女の子が受話器を取り上げた。その手を押さえつけたのは流実子だった。

「そんなことしたら、マスコミの格好の餌食《えじき》になるだけじゃないですか。スキャンダルにまみれて、先生とこの事務所のイメージダウンにつながってもいいんですか」

瑛子と路江は顔を見合わせた。ふたりの頭では、すでにいろんな計算が働いているようだった。

「わかったわ、要求を聞くわ」

瑛子が降参したように言った。

「要求？」

侑里が聞き返す。

「そう、いくら欲しいの。具体的な金額を提示してちょうだい」

当然ながらその言葉は、いっそう侑里の気持ちを逆撫《さかな》でしたようだった。

「あなたって人は」

「すぐに用意するわ。現金でも小切手でも好きな方を言ってちょうだい」

「お金なんか欲しくない！」

侑里が激しく首を振った。

「じゃあ何なのよ、私にいったいどうしろと言うのよ」

瑛子は心底わからないという顔をした。

流実子はその時、岸田瑛子という人間の姿をはっきりと見たような気がした。この人は、本当に、数字でしか物事を計ることは出来ないのだ。

侑里の足がまた一歩進んだ。

「私の望みは、あなたがこの世からいなくなること」

瑛子の顔が恐怖で引きつっている。もしかしたら脅しでもお金でもなく、侑里が本気であるということがやっとわかったのかもしれない。

瑛子はヒステリックな声で、路江を振りかえった。

「路江、何やってるのよ、早くこの子を何とかしてよ。追い出してよ」

「わかってるわ、わかってるけど」

路江の方もどうしていいかわからないらしい。迷ったあげく、流実子を振り向いた。

「流実子ちゃん、お願い、あの子を止めてちょうだい。このままだったら、本当に瑛子を刺してしまうかもしれないわ」

流実子は路江と顔を合わせた。

「もしそうなったら、安井さんが楯《たて》になって先生を救ってあげたらどうですか」

侑里がまた足を進める。瑛子が後ずさる。

やがて瑛子は壁ぎわまで追い込まれた。もう逃げる場所がないとわかると、瑛子は崩れるように床に膝《ひざ》をついた。

「私が悪かったわ。ごめんなさい。あれははずみみたいなものだったの。もう透くんとは会わないわ。絶対に会わない。もともと、まじめな気持ちがあるわけじゃないの、軽い気持ちだったの。だから侑里さん、許して」

瑛子が泣き声混じりで懇願した。不様な姿だった。侑里はまだナイフを握りしめている。瑛子は今度は流実子に哀願した。

「ね、流実子ちゃんお願い、侑里さんを止めて。友達なんでしょう。あなたなら止められるでしょう」

「私に、あなたを助けろと?」

瑛子は思わず目を伏せた。

「そんなこと、よく頼めますね」

「あなたにもちゃんと謝るわ。原稿のこと、ひどいことをしたと思ってるわ。怒るのも無理ないわ。でもね、あれは路江と工藤が勝手に仕組んだことなの。私は乗せられただけなの」

路江が叫んだ。

「ちょっと瑛子、何を言ってるの。あなたが了解したから進めたんじゃないの。今さら責任逃れするなんて卑怯《ひきょう》よ」

瑛子がはすっぱに叫んだ。

「うるさいわね、路江がやったことでしょう。私は反対したじゃない、いくら何でもそれはまずいって」

「よくも、よくも、そんなことが」

瑛子が愛想のいい声で流実子に泣きつく。

「流実子ちゃん、路江って女は本当に腹黒いの。得することは手段を選ばないの。小さい時からそうだったわ。今になってつくづく思うわ、どうしてこんな女と、一緒に仕事をして来たのかしら」

路江もまたすっかりいつもの冷静さをなくしてしまったようだ。

「瑛子、腹黒いのはあんたでしょう。いつもそうよ、自分だけいいとこどりして、汚い部分はみんな私に押しつけるの。もう我慢できないわ」

「うるさい！」

瑛子が聞いたこともない下品な声で毒づく。

ふたりのやりとりは醜く、情けなく、続いた。

その様子は、流実子の抱えていたものを冷たくシラけさせた。

こんな人たちのために、自分は何をやって来たのだろう。これ以上、どんな形であれ、関わることなど無駄でしかないのではないだろうか。

流実子は侑里に近づいた。背後からナイフを取り上げようとした時、侑里が少し抵抗し、流実子の指に刃が当たった。細く血が流れ、指先を伝わって床に落ちた。その鮮やかな血の色を見た瞬間、侑里は我に返ったようだった。

「流実子」

ひどく怯《おび》えた顔つきで流実子を見つめた。

「大丈夫、大したことないわ」

「私……」

「わかってる。ちゃんとわかってるから。だから、もう帰ろう」

流実子が言うと、侑里はしばらく考えこむようにうなだれていたが、やがては静かに頷《うなず》いた。

「そうね、そうするわ」

瑛子と路江、そして事務の女の子の身体から力が抜けてゆくのを感じた。

三人を残し、流実子と侑里は事務所を出た。

外はまだ雨が降り続いていた。

ふたりは雨に濡れながら街を歩いた。

身体の芯《しん》から疲れていた。けれどどこに行けばいいのかわからなかった。

ふたりが今望んでいるのは、温かな毛布にくるまれて眠ることだった。ただそれだけだった。

目の前にホテルがあった。ラブホテルだ。顔を見合わせた。場所なんかどうでもよかった。ゆったりとしたベッドで、何も考えずに眠れるならそれで構わない。

入口でキーを選び、部屋に向かった。小さな窓から従業員が好奇の目を向けたが、それもどうでもよかった。

部屋に入ると、濡れた服を脱ぎ、ダブルベッドに潜り込んだ。

目を閉じた。

死ぬほど疲れているのに、頭の芯にはまだ興奮が残っている。

「手、大丈夫？」

侑里が、くぐもった声で尋ねた。

「平気よ、全然大したことないわ」

流実子は答えた。

「ごめんなさい」

「気にしないで」

密閉された窓に、雨が当たる音がしている。

「ねえ、聞いてもいい？」

侑里が尋ねる。

「なに？」

「流実子、どうして事務所に来たの。まるで私がしようとしていることを知ってたみたい」

「それはね」

そして流実子は小さく息を吐いた。

「私も、侑里と同じことをしようとしてたから」

「そうなの？」

「ほんの少し時間が違えば、侑里と私は入れ替わってたのよ」

流実子は自分のバッグの中に潜ませてきたものを思い浮べながら答えた。

かすかに電車の音がする。ふと、どこか遠くに旅しているような錯覚に陥った。

「ねえ、流実子、私たちは負けたのかしら。結局は、あの女に負けたってことになるのかしら」

「私」

「ええ」

「最初はそう思ったわ。でも、さっきの先生と安井さんを見て思ったの。あのみっともないふたりの姿を見た時よ。負けたのは第一ラウンドだけだって。続きはあるはずだって。これで終わりじゃないわ。終わりになんかさせられないわ。あんな奴《やつ》らにこのまま負けたままで終わらせてたまるもんかって」

「次を考えてるの？」

「もちろんよ。私、もっといいものを書いてやるわ。しつこいくらい出版社に持ち込んで、必ず自分の本を出してみせるわ。そして、あいつらみんなの鼻をあかしてやるの。このまま踏み付けにされたまま終わったりしたら、それこそあいつらの思うツボだもの」

「強いのね、流実子は」

侑里は小さく息を吐き出した。

「侑里はどうするの」

「許せない。あの人も透も。信じてたから、愛してたから、許せない」

「透くんはきっと戻って来るわ。あの先生のことだもの、すぐまた新しい男を見つけるに決まってる」

「そんなの」

「え？」

「そんなの、もっと許せない」

雨で冷えた身体が少しずつ暖まっていた。お互いに、すぐ隣りにある温《ぬく》もりが、いくらかの安心感と心強さを与えていた。

「じゃあ、どうするの」

「それはまだわからない。でも、私だって負けたままでは終わりたくない」

「考える時間はたっぷりあるわ」

「そうね」

「今は眠りましょう。考えるのはその後」

「ええ、私も眠りたい」

エアーコンディショナーの風に乗って、寛《くつろ》ぎが粒子のように降り注いで来た。

ふたりは静かに目を閉じた。ようやく待ち望んだ眠りが訪れようとしていた。今は眠りだけが、新しい自分たちを再生してくれるのだと信じられた。

「いつかきっと……」

「そう、きっと……」

やがて、ふたりは深い眠りに落ちて行った。

文庫版　あとがき

好むと好まざるとにかかわらず、人はいつも何らかの選択をして生きていかなければならないようです。

誰もが幸福になりたくて、その時なりに一生懸命に考えて、いちばんだと思う選択をするはずなのに、結果は思い通りにいきません。あの人は賢いから、と言われていた人が、思いもかけない不幸に陥ってしまったり、わざわざあんな苦労を背負うことはないのに、などと言われていたのに、結果として大きな幸福を手に入れた人もいます。

私自身、その時は「これしかない」と自信を持って決めたことが、後になって「何てバカげた選択をしたのだろう」と後悔したり、失敗をして「もうダメだ……」と嘆いたことが、思いがけぬ幸運の芽になっていてくれたりもします。

人生、などという言葉を口にするには、まだまだおこがましいですが、人生の中で何が賢くどれが愚かな選択かなんて、誰にもわからないのですね。わからないから怖いし、わからないから楽しみでもあるのでしょう。

読んでくださったことに感謝を込めて。

それから最後になりましたが、素敵な解説を書いて下さった狗飼恭子さん、本当にありがとうございました。

唯川　恵

解説

狗飼恭子

去年、大失恋をした。

結果的にさよならを口にしたのは私のほうだったけれど、でもそれは、私にとってあまりにも衝撃的で苦しい体験だった。

私は彼のことがあまりにも好きで好きすぎて、いろんなことが見えなくなった。

それで、もっと安心できる場所を探した。

見つけた私はほっとして、あの人がいなくても生きていけるって、思った。

それで「さよなら」って、言った。

でも私は、ぜんぜん楽にならなかった。

ぜんぜんぜんぜん、楽になれなかった。

今でもときどき考える。

安穏とした、平凡で怠惰な幸福感に包まれながら。

私の選択は、正しかったのだろうか？

そのとき、私は二十五歳だった。

わたしが二十五歳じゃなかったら、もしかしたら、その道を選ばなかったかもしれない。二十歳だったら堪えられただろうことが、三十歳だったら違う受け止め方をしていただろうことが、二十五歳の私には痛すぎたのかもしれない。

と、二十六歳になった私は思う。

二十五歳というのは、女の子にとって諦《あきら》めの歳《とし》だ。

なぜか男の人たちは二十五歳になる女の子を見ると、こぞって「四捨五入すると三十だね」と言い出す。

なんで四捨五入するんだよ、と思いながらも、まだ女の子であることを諦めていない私たちは、反論できずにむなしい微笑を浮かべてしまう。

若いね、とちやほやされることもなくなり、肌の老化は自分でも薄々感づいている。かといって充分な知性や地位や経験やお金があるわけじゃない。

「好き」だけで突っ走れるほど世界は甘くないことも知っているし、両親だってもういい年だから安心させてあげられたら、なんて思う。

一人で生きていくほどの力はまだなく、二人で生きるにはまだ踏ん切りがつかない。

二十五歳って、たとえばそんな年齢なのかもしれない。

『恋人たちの誤算』の主人公は、そんな二十五歳の女たちだ。

弁護士事務所に勤め、仕事に生きる流実子と、結婚を控えた、恋愛に生きる侑里。

二人が欲しいと思っているもの、大切にしているものは、まったく正反対で、けれどそれを手にいれたいという欲望は、どちらも負けないくらい大きい。

ちっとも似ていない二人の、たったひとつの共通点は、「がむしゃらである」ということだ。

自分の欲しいものやことや人のためだったら、自分を愛してくれる人たちを裏切ることもできる。倫理的に正しくないこともできる。命だってかけられる、そんながむしゃらさを、二人は持っている。

事実、本当に欲しいものが目の前に明確に現れたとき、二人は残酷なほどあっけなく、自分の持っていたものたちを手放す。

侑里は、大会社に勤め、真面目《まじめ》で堅実、将来も有望な婚約者を捨て、誠実とか真面目とかいう言葉は似合わない、かつての恋人へ走る。

二人の男への気持ちを、侑里は、こんなふうに表現している。

『「彼のどこが好き?」と自分に問うてみた。あまりうまい答えは見つからなかった。では「どこが嫌い?」という問いに変えてみた。どこも嫌いではなかった。』

『遊ばれているとわかっていながらのこのこついていく女。いつかそんな最低の女になり下がっていた。でも、構わなかった。会えるならそれだけで満足だった。すでに、プライドなどという言葉の意味さえ見つめることはできない女になっていた。』

もちろん前者が婚約者で、後者がかつての恋人のことだ。

確かに侑里は計算を誤ったかもしれない。

何もかも捨てて追いかけた恋人は、たったの何か月かで侑里を邪険にし、他に女を作っていた。信じていた憧《あこが》れの瑛子《えいこ》先生には、裏切られ嘲笑《ちょうしょう》されていた。

かつての恋人なんかに目もくれず、婚約者と結婚していたならば、彼女はこんな惨《みじ》めな思いなど味わうことなく、今もかつてとかわらぬ平穏な生活を送っていただろう。

だけど、その人の不在で生きている意味や自分の価値を見失ってしまうほどの恋を追いかけることができた彼女は、幸せだったのだ、と私は思うのだ。

本当に欲しいものが目の前にあるとき、自分がプラスになるように計算をしている暇なんて、本当はない。本能のまま、欲しいものを欲しいと言える侑里は、とても強い。

彼女の誤算は、ただ、人を愛しすぎてしまったことだけだ。

流実子はどうだろう。

「結婚してくれ」と恋人に言われ、彼女はこう答える。

『「私はまだ人生を決めてしまいたくないの。私はやりたいのよ、この東京で、何かをちゃんとやりたいの」』


そう言いながらも、流実子には自分がなにをやりたいのか、よく分かっていないのだ。自分でも分からない、けれど何かをやらなければという焦《あせ》り。

彼女が欲しいのは、自分を誇れる何か。自分を嫌悪する母や、自分を利用する瑛子や、自分の幸福感を押しつけようとする旧友たちを見返したい。

その手段として選んだのはエッセイストになることだった。編集者である工藤を誘惑し、女であることを利用して彼女は本の出版までこぎつける。

結局、利用されていたのは流実子のほうで、彼女は、仕事も、好きになりかけていた男も、手に入れかけた母の愛も、ぜんぶなくすことになる。

絶望の中で彼女が思うのは、

「違うわ、こんなんじゃない」

なのだ。何が違うのか、それさえわからずに。

自分を「強い女」と信じて生きてきた流実子には、その虚勢が崩れたとき、何をしたら良いのか、その思いをどう言葉にしたら良いのかさえ、わからないのだ。

彼女の誤算は、自分の力を過信したこと、だったのかもしれない。

この小説は、単行本として発表されたとき、『天使たちの誤算』というタイトルだったそうだ。

しかし主人公である流実子も侑里も、がむしゃらであるがゆえにたくさんの人を傷つけた。とても、天使と呼べるような人間ではない。

けれど、あえて彼女たちを「天使」と呼んだところに、作者である唯川さんの優しい眼差《まなざ》しを感じた。

その眼差しはたぶん、読者である私たちにも向けられている。間違っても良いんだよ、その代わり、自分で「負けた」なんて思っちゃいけないんだ、そう囁《ささや》いてくれる、優しい眼差しだ。

いつか私たちは、自分の選択が間違ってなかったたって、胸を張って言える日が来るのだろうか。

それは分からない。十年後も二十年後も百年後も、きっと分からないままだと思う。分からないけれど。

間違ってても良いんだよって、この本は教えてくれる。

間違ってても間違ってなくても、自分の手で摑《つか》んだ道を歩こう。

ときどき後ろを振り向いて不安になっても。

途方に暮れて空を見上げても。

ただ前だけ見つめて歩くよか、きっと、いろんなものが見えるだろう。

そして最後に、ゆっくりと笑えばいい。

暖かい毛布に包《くる》まった、あの流実子と侑里みたいに。

目を覚まし、ラブホテルの門をくぐって太陽の光を再び浴びたとき、二人の本当の戦いが始まるのだろう。それを思うと、わくわくする。

三人目の主人公である私たちにも、今この瞬間から現実という戦いが待っている。でも流実子と侑里からパワーを貰《もら》った私たちにとっては、その戦いはそう怖いものじゃない。

言ってみれば『恋人たちの誤算』は、がむしゃらに生きる女の子たちに送る、現代を生き抜くためのパワー充電小説、なのかもしれない。

（平成十二年十一月、作家）

この作品は平成八年五月マガジンハウスより刊行された『天使たちの誤算』を改題したものである。

唯川恵著
あなたが欲しい
満ち足りていたはずの日々が、あの日からゆらぎ出した。気づいてはいけない恋。でも、忘れることもできない—静かで激しい恋愛小説。

唯川恵著
夜明け前に会いたい
その恋は不意に訪れた。すれ違って嫌いになりたくて、でも、世界中の誰よりもあなたを失いたくない——純度100％のラブストーリー。

湯本香樹実著
夏の庭
—The Friends—
死への興味から、生ける屍のような老人を「観察」し始めた少年たち。いつしか双方の間に、深く不思議な交流が生まれるのだが……。

湯本香樹実著
ポプラの秋
不気味な大家のおばあさんは、ある日私に奇妙な話を持ちかけた——。『夏の庭』で世界中の注目を浴びた著者が贈る文庫書下ろし。

佐藤多佳子著
しゃべれどもしゃべれども
頑固でめっぽう気が短い。おまけに女の気持ちにゃとんと疎い。この俺に話し方を教えろって？「読後いい人になってる」率100％小説。

姫野カオルコ著
終業式
高校で同級生だった男女4人組も別々の道を歩みだした。あれから20年——。折々にかわされる手紙だけで綴られた恋愛タペストリー。

辻仁成著

母なる凪と父なる時化

転校先の函館で、僕は自分とそっくりの少年に出会った……。行き場のない思いを抱えた少年の短い夏をみずみずしく描いた青春小説。

辻仁成著

グラスウールの城

デジタルサウンドが支配する世界で、自分を見失ったディレクターの心に響く音とは？孤独を抱え癒しを求める青年を描く小説二編。

辻仁成著

アンチノイズ

ある盗聴をきっかけに、ぼくは恋人を疑い始めた——。わかっているのにつかまえられない、都会に潜む声と恋を追い求めた長編小説。

辻仁成著

海峡の光

芥川賞受賞

函館の刑務所で看守を務める私の前に現れた受刑者一名。少年の日、私を残酷に苦しめた、あいつだ……。海峡に揺らめく、人生の暗流。

辻仁成著

そこに僕はいた

初恋の人、喧嘩友達、読書ライバル、硬派の先輩……。永遠にきらめく懐かしい時間が、笑いと涙と熱い思いで綴られた青春エッセイ。

辻仁成著

音楽が終わった夜に

みんな、革ジャンの下は素肌で生きていた。ロックの輝きに無垢な魂を燃やして……。情熱の日々を等身大に活写する自伝的エッセイ。

山田詠美著　カンヴァスの柩《ひつぎ》

ガムランの音楽が鳴り響く南の島を旅する女ススと現地の画家ジャカの、狂おしいまでの情愛を激しくも瑞々しく描く表題作ほか2編。

山田詠美著　放課後の音符《キイノート》

大人でも子供でもないもどかしい時間。まだ、恋の匂いにも揺れる17歳の日々――。放課後にはじまる、甘くせつない8編の恋愛物語。

山田詠美著　ぼくは勉強ができない

勉強よりも、もっと素敵で大切なことがあると思うんだ。退屈な大人になんてなりたくない。17歳の秀美くんが元気溌剌な高校生小説。

山田詠美著　ベッドタイムアイズ・指の戯れ・ジェシーの背骨

文藝賞受賞

視線が交り、愛が始まった。クラブ歌手キムと黒人兵スプーン。狂おしい愛のかたちを描くデビュー作など、著者初期の輝かしい三編。

山田詠美著　蝶々の纏足・風葬の教室

平林たい子賞受賞

私の心を支配する美しき親友への反逆。教室の中で生贄となっていく転校生の復讐。少女が女に変身してゆく多感な思春期を描く3編。

山田詠美著　アニマル・ロジック

泉鏡花賞受賞

黒い肌の美しき野獣、ヤスミン。人間動物園、マンハッタンに棲息中。信じるものは、五感のせつなさ……。物語の奔流、一千枚の愉悦。

恋人《こいびと》たちの誤算《ごさん》

新潮文庫 ゆ-7-3

平成十三年一月一日発行
平成十五年一月二十五日十一刷

著者 唯《ゆい》川《かわ》恵《けい》

発行者 佐藤隆信

発行所 株式会社 新潮社

郵便番号 一六二—八七一一
東京都新宿区矢来町七一
電話 編集部(〇三)三二六六—五四四〇
読者係(〇三)三二六六—五一一一

価格はカバーに表示してあります。

乱丁・落丁本は、ご面倒ですが小社読者係宛ご送付ください。送料小社負担にてお取替えいたします。

印刷・二光印刷株式会社　製本・株式会社植木製本所

ISBN4-10-133423-4 C0193